短編宇宙

集英社文庫編集部 編

集英社文庫

CONTENTS

短編宇宙

南の十字に会いに行く

加納朋子

加納 朋子

かのう・ともこ

1966年福岡県生まれ。92年『ななつのこ』で第3回鮎川哲也賞を受賞しデビュー。95年『ガラスの麒麟』で第48回日本推理作家協会賞（短編および連作短編集部門）を受賞。著書に『月曜日の水玉模様』『沙羅は和子の名を呼ぶ』『レインレイン・ボウ』『七人の敵がいる』『我ら荒野の七重奏』『カーテンコール！』『いつかの岸辺に跳ねていく』『二百十番館にようこそ』などがある。

1

今朝いきなり、「七星《ななせ》、南の島へ行くぞ」とパパが言った。

パパはいつだって、唐突だ。思いつきと勢いで行動しては、時々失敗している。それでよくママにも怒られていた。

わたしは小さくため息をついてから、「いきなり、なに？」と聞いた。その言い方は確かに、ちょっと感じが悪かったかもしれない。

パパはあからさまに、むっとした顔をした。

「何だよ、せっかく家族旅行に誘ってんのにさ、わーい、パパ大好きー、くらい言えないかねえ」

「わーい、ぱぱだいすきー」

棒読みで言ったら、もっとむくれた。

わたしはもうじき、中学生だ。だけどパパは、わたしがいつまでたっても小さい子供だと思っている。とっくに一緒にお風呂に入らなくなったのに、未《いま》だに「たまには背中でも流してよー」なんて言ってくる。

あんまり冷たくしても、余計に面倒なことになったりするから、仕方なく、聞いた。

「南の島って、ハワイとか？」

「やだよ、外国なんか。めんどくさいだろ、パスポートとか、英語とか」

「まあね」

「石垣島だよ。今は直行便が出てるから、昔よりはだいぶ近くなったんだ。つっても、沖縄よりずっと遠いけどな。ほとんど台湾の一歩手前って感じだ」

なぜかパパは自慢げだ。直行便があっても、距離は変わらないいんじゃん、それに……と突っ込みかけてやめた。代わりに聞く。

「でもなんで、急に旅行？」

パパはどっちかって言えば、インドア派だ。休みの日には、ゲームしたり、家で録《と》りためた映画とかドラマとかを視《み》たりしていたいタイプ。出不精、とも言う。

わたしの質問に、なぜかパパはちゃんと答えなかった。

「いいじゃん、二人っきりの父と娘が、たまに旅行に行ったってさ。七星の卒業旅行だよ。子供は子供らしく、やったー、南の島だーって喜んでりゃいいんだよ」

ハイ決定、と言って、さっさとカレンダーに書き込み始めた。卒業式の翌日からだ。

正直言って、あんまり気は進まなかった。別にパパが嫌いとか、仲が悪いとかってわけじゃない。ただ、去年までは家族旅行っていったら、ママも一緒だった。ママがどこそこへ行こうと言い出して、パパが渋々了解、ママがガイドブックを買ってきたりして、わたしにも「七星はどこに行ってみたい？」なんて聞いてくれたりして、実際行ったらパパもそこそこ楽しそうで……そんな感じだった。

今年はパパと二人きり。飛行機でずっと隣に座り、ホテルで同じ部屋で過ごし……何を話したらいいのかわからない。

それはパパだって、同じはずなのだ。基本、我が家で話題を提供するのも、テレビ番組にコメントするのも、学校でのわたしの様子を聞いてくるのも、みんなママだった。

今、うちの食卓はとても静かだ。一度、それを言ったら、パパはむっとしたように「食事は黙ってするもんだろ」と言い、取って付けたようにテレビの画面に突っ込みを始めた。それも長くは続かなくて、今はやっぱり、二人とも無言で食べている。

パパが、「どうだ、旨《うま》いだろ」と言い、わたしが「うん」とうなずく。これは本当だ。たまに料理に関してはパパは、本気を出せばママより上手《うま》い。なかなか、本気を出さないけれど。

その静かな夕食の席で聞いてみた。

「石垣島で、何を見たいの？」

「何か、フェリーでいろんな島に渡れるらしいぞ。現地でおすすめを聞けばいいよ」

あっさりパパは言った。やっぱりノープランだ。パパの「なんとかなるよ」を信じてどうにもならなくなった過去をいくつか思い出し、心に決める。

図書館に行って、ガイドブックを借りてこよう。

2

飛行機から吐き出された人たちは、「やっぱりあったかいね」なんて言いながら歩いて行く。わたしもパパも、上着は手に持っている。

人生初の南の島だあ、と少し気分が上がってきた。パパもそうなのか、歩きながら小声で歌なんか歌っている。

「迷惑わくわく惑星ー。最悪あくあく最強ー。きーみーは」

「ぼくのビーナスー、だよね」

お終《しま》いのフレーズを一緒に歌ったら、パパがびっくりしたようにこっちを見た。

「その変な歌、ママもよく歌ってたよ」

「変な、は余計だよ」

パパはぼそっと言ったきり、また黙りこくってしまった。

荷物受け取りのベルトコンベア前で待っていると、後から来た人から話しかけられた。

「あら、また会ったわね」

白髪頭の優しそうなおばあちゃんだ。飛行機で隣の席だったから、色々話をしたり、お菓子をもらったりした。反対隣に座ったパパは、ドリンクサービスとお弁当を食べるとき以外はずっと寝ていたから、他の人からは、おばあちゃんと二人で旅をしている女の子に見えただろう。

ベルトコンベアは、まだ動かない。

「そうそう、七星ちゃん、あなたが言ってた星空バスツアー、面白そうだからわたしも申し込んでみようと思うのよ。お友達からも勧められていたし。確か、離島ターミナルに行けばいいのよね？」

「そうです、そうです」とわたしはツアー会社の名前を挙げ、「確か前日予約までオッケーだったから、今日申し込めば大丈夫ですよ」とつけ加えた。わたしたちも明日参加予定だ。

石垣島離島ターミナルは、石垣島からフェリーで離島に渡るための拠点となるところだ。バスセンターや繁華街もこの近くに集まっているから、わたしたちが泊まるのも、離島ターミナル徒歩圏の安いホテルにした。

それならレンタカーはいらないなと、パパはちょっと嬉《うれ》しそうだった。自分の慣れた車以外を運転するのが苦手なのだ。

おばあちゃんと、これから観光する予定について話していたら、やっと荷物が出始めた。同じようなトランクばかりだけど、うちのは間違えない。ママが取っ手に目立つリボンをつけたり、可愛《かわい》いステッカーを貼ったりしているから。

なかなか出て来ないなあと言っていたら、わたしとおばあちゃんの間を割るようにして、男の人がぐいっと出て来た。

「ちょっとすみません」とかなんとか、つぶやくように言いながら、自分の荷物を取り上げて、キャスターの音を響かせながら足早に行ってしまった。

「なぜだか、後ろにいる人の荷物の方が早く出てくるのよねえ」とおばあちゃんは笑い、わたしは小声で「今の人、なんかマジ怪しくなかった?」とつぶやく。

黒服、黒いサングラスに、黒い帽子までかぶっている。おまけに真っ赤なネクタイだ。

「ほんと、なんかギャングみたいね」とおばあちゃんはくすくす笑った。

しばらく経《た》ってわたしのトランクが出て来て、少し空いておばあちゃんのも来て、最後の方にやっとパパの荷物が出て来た。

「一緒に預けたのに、なんでこんななんだよ」とぶつぶつ文句を言うパパと一緒に、空港を出てすぐのバス乗り場に向かう。離島ターミナル行きのバスを予約してあるのだ。おばあちゃんも同じ列に並んだ。ふと見ると、列の先頭にはあの怪しいサングラス男が立っている。結局みんなおんなじバスだ。

一番最後に、「待っててー、乗りまーす」と駆け込んできた眼鏡のお姉さんを乗せて、バスは出発した。

離島ターミナルまでは三十分くらいだそうだ。途中、わたしは窓から見える風景に、「サトウキビ畑だ。沖縄っぽい」「あ、何か赤い花が咲いてる。沖縄っぽい」「建物が東京と違う……沖縄っぽい」「あ、牛がいる……さすが沖縄」とかなんとか、はしゃいでいた。そんなわたしをヨソに、パパはわたしが借りてきたガイドブックを初めて開き、今夜は何を食べようか、真剣に悩み始めた。

「やっぱ石垣島に来たら、石垣牛を食わんとな……お、この店、うまそう」

わたしにガイドブックを見せてくる。

「あー、その焼き肉屋さん、大人気だからかなり早めに予約しないと無理みたいだよ」

「なに、そうか……ううん、しかしうまそうだな……」

ヨダレが垂れそうな顔で、お肉の写真を見つめている。

「……あの」と通路を挟んだ席に座っていたおばあちゃんが、そっと声をかけてきた。

「わたし、今夜そのお店を予約しているんですが、良かったらご一緒しません？」

わたしとパパの声が重なる。おばあちゃんは恥ずかしそうに笑った。

「え？」

「いえね、わたし、今回はお友達に会いにここへ来たんですけど、わたしもその同じ本を見て……あんまり美味《おい》しそうだから、先走って予約を入れてしまったの。そしたら、肝心のお友達の予定が合わなくって。とても美味しそうだから食べてみたいけど、一人で焼き肉っていうのも恥ずかしくて、どうしようかしらと思っていたのよ……」

「しかし……」とパパは首を傾《かし》げた。「こっちは二人ですが、大丈夫ですか？」

そう言ったあたり、すでにもうだいぶその気になっている。

「予約は二人ですけど、焼き肉屋さんで二人席なんてあんまりないと思うから、子供一人くらい増えてもきっと大丈夫よ。あ、もちろんお代は別会計よ」

おばあちゃんはお茶目に片目をつぶって見せる。

「ううん、そうですか？　じゃあ、ご一緒させてもらおうかなあ」

石垣牛の魅力の前に、パパは簡単に落ちてしまった。

「それじゃ六時にお店で」ということで、ほんとうにその夜、わたしたちは会ったばかりのおばあちゃんと夕ご飯を食べることになってしまった。

もちろんわたしは嫌じゃない。おばあちゃんは優しくて、ちょっと面白いところもあるし。だけどパパはどっちかって言えば人見知りだ。だから少しびっくりしたけど、そう言えばそうだった。パパは人見知りだけど、人が嫌いなわけじゃない。だから向こうから来てくれる分には、全然かまわないタイプなのだ。

おばあちゃんのこのコミュニケーション力の高さは、ママに似ているな、と思う。

離島ターミナルに着いたらもう三時過ぎだった。おやつ代わりにシェイクを飲んだり、具志堅用高《ぐしけんようこう》さんの銅像と一緒に写真を撮ったりしてから、歩いてすぐのホテルにチェックインした。しばらくそれぞれのベッドでゴロゴロしていたけれど、飽きてきたので、二人で街の探検に出かけた。

知らない街をうろちょろするのはすごく楽しい。アーケード街のお土産物屋をひやかしたり、市場を覗《のぞ》いたり、雑貨やTシャツの店に入ってみたりしているうちに、あっという間に約束の時間になった。張り切ってお店に行ったら、おばあちゃんが先に席についていて、こちらに手を振っていた。

つくづく、美味しい物は偉大だと思う。食事が終わる頃には、わたしたち三人は、まるで大昔からの知り合いみたいに打ち解けていた。

「こっちのお友達とは、もうずいぶん会っていないのよ」お肉をひっくり返しながら、おばあちゃんは上機嫌で言っていた。「もうかれこれ四十年以上になるかしら。成人の日に会ったのが最後だから」

こんなことを言ったら、歳《とし》がばれてしまうわね、とおばあちゃんは笑う。

「友達、どんな子だった？」

とわたしが聞いたら、おばあちゃんはふと遠くを見るような眼《め》をした。

「そうねえ……七星ちゃんみたいに可愛くて、優しくて……でも、とっても気弱な子だったわ。おとなしくってね、先生に指名されて教科書を音読しても、『もっと大きい声で』って言われちゃうような女の子」

「あ、なんか、わかります」とわたしはうなずく。というか、今のわたしがまさにそんな女の子だ……学校では。

「歳は同じなんだけど、わたしが守ってあげなきゃって、ずっと思っていたの。でもね」声のトーンを上げて、おばあちゃんは続ける。「あるとき、いつも遊んでいた女の子の中に、女王様っぽい子がいたのね。その子が大事にしていた指輪が……まあ、子供のことだから、ガラス玉のおもちゃだったんだけど、それが、その子の部屋から消えてしまったの。そして運悪く、その日出入りしたのがわたしだけだったのね。すっかり疑われちゃって、同じ組の人たちにも言いふらされて、みんなから白い目で見られて……とても辛《つら》かったの。そしたら、おとなしかったあの子がね、真犯人を見つけてくれたの」

「え、すごい。名探偵コナンみたい」

「ふふ、そうね、その後で、あの子のことを少女探偵なんて呼ぶ人も出てきたわ。それでね、真犯人は、なんとカラスだったの。あの子がお兄ちゃんを呼んでね、みんなの前で、指輪の持ち主だった子の家の屋根に上ってもらったの。そしたら、見事見つかったのよ、指輪。屋根瓦がずれたところに、他にもいっぱい、押し込んであったって。ビー玉でしょ、おはじきでしょ、瓶のかけらでしょ……カラスはね、そうやって、キラキラ光るものを集めたりすることがあるのよ」

「すごい」わたしはぽかんと口を開けた。「どうしてわかったの、その子」

「わたしも同じことを聞いてみたわ。そしたらその子はこう言ったの。『あなたは絶対に人のものを盗んだりする子じゃないってわかっていたからよ。じゃあ、どこへ消えたんだろうって考えてみたの。そして、観察してみたの。物陰に隠れて、じっと見ていたら、カラスが屋根の上に何かを隠すのが見えたの』って」

「……いい友達だね」

「そうなの。だからね、会いたいの。大きくなって、だんだん会うこともなくなってしまって、そのまま長い時間が経っちゃったけど、わたしはあとどのくらい生きられるのかしらって考えるようになって、今、元気なうちに会っておきたい人は誰だろうって思ってね、それでぱっとあの子の顔が浮かんだの。でも、今どうしているのか、わからなくって、その時はね。だけどひょんなことから、あの子が石垣島にいるってわかったのよ」

「そっかあ、運命だね」

しみじみ言ったら、おばあちゃんはにっこり笑った。

「そうね、運命なのかもね。今日は楽しかったわ。七星ちゃんのおかげで、子供の頃に帰って、あの子と楽しくおしゃべりしたみたいだった。ありがとうね」

「そんな……わたしも楽しかったです。ひさしぶりに食事しながらおしゃべりできたし」

そう言ったら、それまで黙々と肉を焼いては食べていたパパが、何か言いたそうにこっちを見た。けど、やっぱり何も言わない。

おばあちゃんとはお店の前で、「またねー」と言い合って別れた。星空バスツアーの予約が無事できたから、明日の夜もまた会うのだ。

帰る道々、夜空を見上げてみたけど、繁華街の灯《あか》りと雲がじゃまだ。ツアーを申し込んでてほんとに良かったと、改めて思う。

「……七星、気づいたか?」ホテルへ帰ってから、パパが言った。「さっきの店に、あのサングラス男がいたぞ」

「え、空港にいた、何か怪しい人?」

「ああ。一人で焼き肉食ってた」

それがものすごい犯罪であるかのようにパパは言う。

「同じガイドブック持ってたのかもね」

「かもなあ。あの写真は旨そうすぎだからなあ」パパは大まじめにうなずき、それからはっとしたような顔をした。スマホを取りだして、焦ったように操作している。

「見ろ、七星」

それは、わたしたちが離島ターミナルで撮った写真だった。具志堅用高さんの像と並んでピースサインをするわたしの斜め後ろに、なぜかカメラ目線（たぶん）のサングラス男がいた。

一瞬、二人で顔を見合わせたけれど、すぐにぷっと噴き出す。

同じバスに乗っていて、同じ離島ターミナル前で降りたのだ。観光客の考えることなんてたぶんみんな似たり寄ったりで、我が家の写真に写り込んでいたって、別に何の不思議もない。


翌朝、わたしたちは張り切って離島ターミナルに向かった。と言ってもフェリーに乗るわけじゃない。石垣島の観光バスツアーに参加する予定で、離島ターミナル内が集合場所になっているのだ。

ガイドさんが現れて、点呼のためにぞろぞろ集まってきた人たちを見て、あっと思う。またしても、あのサングラス男がぼうっと突っ立っているのであった。

考えてみたら、そこまでびっくりするようなことでもない。石垣島一日観光は、パックツアーに含まれているものなのだから、要するに同じツアーに参加している人なのだろう。

3

ガイドさんの点呼にも素早く応じているし、きちんと指示どおりに動いてもいる。別に、普通の人だ……たぶん。

バスはけっこういっぱいで、サングラス男の隣には、眼鏡のお姉さんが座っていた。眼鏡繋《つな》がり……なのかな？　どこかで見たような、と思ったら、空港からのバスに、最後に飛び乗って来た人だった。すごく人なつっこい感じで、サングラス男に朗らかに話しかけている。

「お一人ですかー？　わたしも一人なんですよ。ほんとは仕事で人に会いに来たんですけどー、ツアーに乗っかっちゃった方が安くって、せっかくだからついでに観光もしちゃおうって」

聞かれもしないのに、嬉しそうに説明している。男の方は、「あ、そうなんですか」と、ぼそぼそ答えている。そりゃ、そうとしか言えないよなあ……。

最初の目的地に着くまでの間、ガイドさんがいろんな話をしてくれた。窓から見える具志堅用高さんの実家を教えてくれたり（隣には記念館もあった）、咲いている花の説明をしてくれたり。途中、八重山《やえやま》の星空の話になった。なんでも八重山諸島では、八十八ある星座のうち、八十四も見ることができるし、全天で二十一ある一等星のすべてを見ることができるんだとか。なにしろ本州よりもずっと南の空が広いから、南十字星だって見えちゃうのだ。

もちろん、そうしたことは知っていたから、星空バスツアーを申し込んだのだ。ガイドさんの話を聞くうちに、夜のバスツアーがますます楽しみになってきた。

「――このように、満天の星と共にある八重山諸島には、国内では他に例を見ないほど、星に関わる文化が浸透しています」とガイドさんは話し続けている。「その多くは、民話や舞踊といった形で伝承されています。せっかくなので、そのうちの一つをご紹介しますね」

昔、ある村に怠け者の兄と、働き者の弟が住んでいた。ある日母親が病気で亡くなってしまい、孝行者の弟が嘆き悲しんでいると、どこからともなくお婆《ばあ》さんが現れ、「遠い岸の向こうにお母さんがいるから、会わせてあげましょう」と言った。三人で舟に乗り、兄弟は舟を漕《こ》いだけれど、漕いでも漕いでも向こう岸には辿《たど》り着けない。そのうち、怠け者の兄は漕ぐのをやめて眠ってしまった。それでも弟は母親に会いたい一心で、懸命に漕いでいたら、その先が滝になっていて舟ごと落ちてしまう。一緒にいたお婆さんは実は神様で、親孝行で働き者の弟を抱いて天に昇り、「おまえはここに留《とど》まって、みんなの手本になりなさい」と言った。そうして、みんなの極の子方星《ニヌファブシ》、北極星になったという。

「え、兄貴の方、どうなったの？」

思わず、といった感じでパパが聞くと、ガイドさんはにっこり笑って言った。

「怠け者で親不孝の兄は、そのまま滝壺《たきつぼ》に真っ逆さまに落ちていったそうです」

「えー、何だそれ、神様酷《ひど》いな。第一、弟の方だって、お星様になっちゃって、それって死んだってことじゃないの？」

酷い酷いと、さすがに小声だけれどもぶつぶつ言っている。

確かに、パパの気持ちはわかる。亡くなったお母さんに会わせてやるって連れ出しといて、結局会わせてないじゃん。騙《だま》したんじゃん、と思うもの。

親孝行で働き者だったご褒美が、家族から引き離されて独りぼっちじゃ、弟、全然幸せじゃないじゃん。

「弟の望みは、お母さんに会いたいって、ただそれだけだったのにね。いきなり宇宙に上げられて、みんなの手本ってなにそれって感じだよね」

そう言ったら、パパはちらりとこっちを見て、「お、おう」と言った。

最初の目的地、川平湾《かびらわん》に着いた。雲が多くなってきたせいか、海はガイドブックに載っているように鮮やかなブルーではなかった。もっと暗めの、緑がかった青。それでも、とてもきれいな眺めだったけど。

グラスボートの受付で、星砂のミニボトルをもらった。パパの分と、ふたつ。カラーサンドの中に、白い星形の砂が入っている。

「星砂の浜に行くの、楽しみ」

明日は、竹富島《たけとみじま》に行く予定なのだ。

「え、それ、もらったんだからもう良くないか？」

パパは不思議そうだった。

「良くない。自分で探したいの」

斜めがけしていた布のポシェットから、ガラスの小瓶を取りだした。今もらったボトルよりもひと回り小さくて、グレイの栓がはまっている。

「そんな瓶、どこから持ってきたんだ？」

「洗面所の棚の奥。ママのコンタクトレンズが入ってたやつだよ」

以前、ママがその瓶のラベルを丁寧に剝がして、洗って乾かしているのを見て、『それ、何に使うの？』と聞いたことがあった。

『すごく小さいものを入れるのに使うの』とママはにっこり笑って言っていた。『たとえば、星砂とか』

星形の砂が取れる浜があるのだと、その時初めて聞いた。以来、ずっと行ってみたいと思っていたのだ。

「……星砂って、何とか虫って生き物の死骸だぞ？」

「知ってる」

ママに聞いた。正確には、有孔虫の殻だ。たぶんパパも、ママから聞いたんだろう。

グラスボートは、聞いていたほどには、魚の数も種類も多くなかった。同じ舟に乗った人の中に、リピーターっぽいカップルがいて、「何か、今日はハズレだね」と言っていたから、潮の満ち引きとか天気とかで、当たり外れがあるのだろう。それでもクマノミを見られて、嬉しかった。

その後一行は、やいま村に向かった。日本最南端にあるテーマパークとのことである。園内では各自自由行動だ。石垣島の古い建物の間を抜けて、まずはマングローブ林に向かう。ウッドデッキを伝って、シオマネキやトントンミー（ミナミトビハゼ）などの小動物を観察できるとパンフレットには書いてあったけれど、残念ながらそれらしい生き物はいなかった。それからリスザル園に行ったら、すごく可愛いリスザルがたくさんいた。係の人に、「ポケットは空にして下さい。この子たち、手を突っ込んで中のものを持っていきます。鞄《かばん》もしっかり前で抱えてて下さい。最近、ファスナーも開けられるようになってしまいました」と説明されて、びっくりする。賢くて器用で油断がならない子たちだ。

リスザル園には先客がいた。あのサングラス男と、眼鏡のお姉さんだ。サングラス男が餌を買った途端、そこらじゅうのリスザルたちが襲いかかるように飛び乗って、あっというまに小動物まみれになってしまった。わたしもやりたいと思ってたけど、それを見てやめた。いくら可愛くても、あれだけたくさんだとちょっと怖い。それより何より、一匹が、サングラス男の帽子の上でフンをしているのを見てしまったのだ。

当の本人はいたって嬉しそうで、お姉さんに頼んでスマホで写真を撮ってもらったりしていた。ものすごくいい笑顔である。実はいい人なのかもしれない。

お昼ご飯は入り口にあるレストランで、島牛カリーを食べた。パパはソーキそばだ。

「七星はまた牛か。俺はブタだ」と言うパパの分を味見させてもらった。沖縄そばを初めて食べたけど、けっこう美味しかった。

いつの間にか団体客がやってきて、レストランはごった返していた。

「あのー、申し訳ないですが、相席をお願いしてもいいですか？」

そう声をかけてきたのは、あの眼鏡のお姉さんだった。隣にサングラス男もいる。いつの間にか、ずいぶん仲良くなっていたらしい。横でぺこっと頭を下げている。

「ああ、もちろんですよ。俺たち、もうじき食べ終わりますし」

「ああ、助かります。マングローブをじっくり見てたら、時間なくなっちゃって」

お姉さんはいそいそとわたしの隣に腰かけて、さっさと注文を済ませた。そして話の続き、といった感じでサングラス男に向かって言う。

「それでね、今回会いに来たパープル博士は、ほんとすごい方なのよー。八重山の動植物に関しての研究もさることながら、民話とか舞踊とか、多岐に亘《わた》る方面で深い造詣をお持ちでね……」

サングラス男は、うんうんとうなずいている。そっか、外国人の博士が石垣島にいるのかあと思う。お姉さんの話が途切れたとき、彼はおずおずと言った。

「俺もね、実は人に会いに来たんだ。俺のヒーローに」

「ヒーロー？」

思わずつぶやいてしまい、はっと口を閉じる。だけどサングラス男は、にっこり笑って言った。

「俺さ、生まれつき眼が弱いせいでずっと色の入った眼鏡をかけてたんだけど、そのせいで子供の頃はすごくいじめられてさ。そしたら近所に住んでたその人が、合気道を教えてくれて。理不尽ないじめに負けちゃ駄目だって。すごく強くて、とても優しい人だったんだ……ずっと、また会いたいと思ってて、そうしたらついこの間、テレビで偶然見かけて。連絡したら、ぜひおいでって言ってくれて……」

大切な打ち明け話のように話すのを、今度はお姉さんがうんうんとうなずきながら聞いている。なんかもう、すごく仲良しのカップルっぽい。

「じゃあ、俺たちはそろそろ……」と言って、パパが立ち上がった。「七星、土産物屋を見てみるか。トイレも行っとかないと」

「そうだね」とわたしも立ち上がる。わたしたちの方が先にいたとは言え、なんだかおじゃまな感じだった。

その後も、鍾乳洞《しょうにゅうどう》に入ったり、ジェラートを食べたり、とても充実したツアーだった。帰りのバスで、「楽しかったねー」と言ったら、パパも「そうか、そうか」と嬉しそうだった。

しかも今日のバスツアーはこれだけじゃない。夜にはお待ちかねの星空ツアーなのだ。

わくわくしていたら、バスの窓ガラスに何かがぽつりと当たった。

あれ、と思って空を見たら、いつの間にか、真っ黒い雲がむくむくと広がっている。雨だった。すぐに止《や》むといいなという願いとは反対に、雨はどんどん激しくなってくる。

「あちゃー、ゲリラ豪雨みたいになってきたな」とパパが言った。スマホで確認してもらったら、お天気マークは夜中までずっと「強雨」である。

えーんと思っていたら、そのスマホに着信があった。ツアー会社からの、星空バスツアー中止決定のお知らせだった。

今回の旅行日程中に、もう同じツアーはない。

バスの中では、その後、眼鏡のお姉さんとサングラス男にも順番に電話があり、皆同じように、がっかりした声を上げていた。

その夜はあまりにも雨が激しかったから、すぐ近くの居酒屋で適当に夕食を摂《と》った。美味しかったけど、気分はほんと、最低だった。

4

竹富島までは、離島ターミナルから観光フェリーで十五分くらいだ。港から、レンタサイクル屋さんの車に乗って島の中心部に向かう。

竹富島は自転車なら三十分くらいで一周できてしまうらしい。竹富島観光はサイクリングがおすすめだと、ガイドブックには書いてあった。ずらりと並んだ自転車の中には二人乗りもあって、パパがひとしきり、これにしようよとごねていた。それを振り切って、一人一台ずつ借りる。

「ちぇー、女の子と二人で二人乗り自転車、憧れてたのになあ」とパパはぼやいていたけれど、押し切られなくて大正解だった。島の中心部には真っ白い砂が敷き詰められているのだけれど、昨日の雨のせいでだいぶぬかるんでいる。しょっちゅう足を着いて、転ばないようにふんばらなきゃならなかった。もし二人乗りだったら、もっと大変だったろう。

それはともかく、とてもきれいな島だった。赤い琉球瓦が載った建物が並び、赤やピンクの花が咲き、石垣にはトゲトゲした多肉植物が生えている。竹富小中学校なんて、ほんとに可愛らしい建物だった。あちこち自転車を停《と》めては、パパのスマホで写真を撮りまくった。いいお天気で、気分も上がる。レインコートや厚手の上着も持ってきたけれど、結局自転車の前籠に入れっぱなしになりそうだ。

少し行くと道も走りやすくなり、海に向かって気持ち良く自転車を漕いでいく。目指すは星砂の浜、カイジ浜だ。

南国の木立からぱっと開けるように、海があった。駐輪するのももどかしく、砂浜に駆けていく。

浜には先に来た人たちが、いっぱいしゃがみ込んでいた。星砂がなくなっちゃうと思い、慌ててわたしも適当なところでしゃがむ。

思ったより、小石だの珊瑚《さんご》のかけらだのがごろごろしている。波打ち際の濡《ぬ》れたところは探しにくかったので、じりじり移動して、ベストポジションを探っていく。

あちこちから、「ないー」、「見つからないー」という声が上がっている。ざくざくとまでは行かなくても、もう少し簡単に見つかるかと思っていた。

「もう持ってるんだから、それでよくないか？」

そう声をかけられて、イラッとして顔を上げた。

「パパも一緒に探してよ」

そしてはっと気づく。パパは黒いナイロンの上着を着ていた。

「パパ、それ、ぬいで」

まるで追いはぎのような勢いでぬがせて、それを砂の上に広げる。そこに、掌《てのひら》ですくった砂をさらさら落として薄くのばし、目を凝らしてみる。

「あったーっ」

思わず大声が出ていた。黒い上着の上で、まるで天の川の中にある一等星みたいだった。

パパはわたしの行動に、「えーっ、ちょっとちょっと」と言っていたけれど、諦めたのか、一緒に探してくれた。

ブラックシート作戦は、我ながらナイスアイデアで、持ってきた小瓶の中には、少しずつ星形の砂が集まり始めた。それでも、二人でさんざん粘って、ようやく二十粒くらい。小指の爪の先ほどの量だ。本当はもっといっぱい集めたかったけれど、さすがに長い時間同じ姿勢でいるのもきつくなってきて、そろそろ移動しようということになった。パパはあからさまにほっとした顔をしていた。

「昔からさ、七星は砂場で遊びだすと長かったよなあ」

上着をはたきながら、パパは言う。

「それ、幼稚園の頃のことじゃん。だけどさ、星砂ボトルって、お土産物屋さんでもいっぱい売ってたよね。あれ、誰がどうやって集めてるんだろ。大変すぎない？　こんなに見つかりにくいのって、取りすぎたせいじゃないの？」

わたしがそう言ったら、パパは「いやー」と首を振った。

「あれはさすがに浜でちまちま拾ってちゃ、追いつかないだろ。なんだか海の中の海藻に、いっぱいくっついているんだってさ。それに土産物屋のあれはさ、外国産のもだいぶ混じってるらしいよ？」

なんでそんなことを知っているの？　とは聞かなかった。ママから聞いたに決まっているから。

ママは星とか宇宙が、大好きだった。わたしの名前をつけたのも、ママだ。星がたくさん見えるから、いつか三人で八重山に行きましょうね、と言い続けていたのも、ママだ。

「これは、正真正銘の竹富島産だね」

わたしは小瓶を大切にポシェットにしまい、またサイクリングを再開した。コンドイビーチ、西桟橋と見て回り、右折してまた島の中心部に戻っていく。

昨日とは打って変わった天気で、暑いくらいだった。いったん自転車を返してから、パーラーに入る。おすすめの黒糖ソフトを舐《な》めて生き返っていたら、高校生くらいの女の子たちの団体がどやどやと入ってきた。制服姿で、どうやら修学旅行生らしい。四人ひと組のグループが二つ、合流したようだった。

「うちらなー、BEGINを大音量で流して、海岸沿いに走ったやんなー」

「めっちゃ盛り上がっとったよなー」

「うちらはな、海のー、声をーって歌いながら走っとったよー」

「うちらめっちゃ青春動画やってんなー」

弾んだ息のまま、皆で笑い転げている。

関西方面の女子高生だろうか。めちゃくちゃ賑《にぎ》やかで陽気な子たちだ。

どうやら集合時間が迫っていたらしく、女の子たちはあっという間にソフトクリームを平らげて、慌ただしく出て行った。

「面白い子たちだったね」とわたしもパパと笑いあう。

少し休んでいたらもう昼過ぎだったので、近くのレストランでお昼ご飯にした。わたしはハンバーグとコロッケの定食で、パパは島野菜のカレーだ。

「昨日、七星のが旨そうだったから」と言ってたけど、わたしのハンバーグとコロッケも、味見と言いつつけっこう食べていた。ものすごく量が多かったから、パパに助けてもらった感じ。

食べ終わったら急に、パパが「じゃ、ホテルに帰ろうか」と言いだした。

「え、なんで？　今日も泊まるんだし、もっとゆっくりしようよ」

ご飯も食べて元気も出たし、また星砂の浜に行ってもいいなと思っていたところだった。

「いや、ちょっとね。用事があるんだよ」

ごにょごにょと言いながら、伝票を摑《つか》んでさっさとレジに向かってしまった。

またレンタサイクル屋さんの車に乗せてもらい、港に向かう間も、帰りのフェリーに乗っている間も、パパはやけに無口だった。機嫌が悪い、という感じじゃない。なにか気になることがあってユウウツ、という雰囲気だ。

何だかよくわからない緊張感と、自転車を漕ぎまくった疲れも手伝って、ホテルに戻ってベッドにごろりと寝転ぶと、ほっとため息が出た。

そこでふと思い出し、ポシェットから星砂の小瓶を取りだす。そして、思わず大きな叫び声が出た。

中身はまったくの空だった。ポシェットの中で、いつの間にか栓が取れてしまっていたのだ。

「星砂がっ、星砂がっ」

あまりのショックに半泣きになりながら、パパに空の瓶を見せる。ただぼうっと困ったような表情を浮かべているパパを見て、無性に腹が立ってきた。こんなことで泣くなんて、小さい子供みたいだと思うのに、どうしようもなく涙がこぼれてきてしまう。

「——ほんとはもっと、竹富島にいたかったのに」なじるように、わたしは言った。

「もっかい、星砂を探しにいきたかったのに。そしたら、瓶の栓が取れてることにもすぐ気づいてたのに」

「……今さらそんなこと言っても……」

パパの言うとおりだと、わたしも思う。ワガママな幼稚園児みたいなことを言ってるって、自分でもわかっている。

だけど、とまらなかった。

「全然、全部、うまくいかないじゃん」しゃくり上げながら、わたしはなじるようにパパに言う。「星砂はこぼれちゃったし、すっごく楽しみにしてたのに、星だって見られなかったし」

「天気は、仕方ないだろう？」

低い声で、パパは言う。わたしはイヤイヤをするように首を振った。

「ママも一緒だったら、絶対晴れてた。あの人、超絶晴れ女だったもん……三人で星、見たかった。ほんとは、ほんとは、ママと三人で星砂を探したかった」

パパは深いため息をついた。

「仕方がないだろう？　ママは俺たちを残して、遠くに行っちゃったんだから……あの人は、神様に選ばれたような人だからね。北極星になった、働き者で親孝行な弟みたいにさ」

「そんな言い方……」

わっと声を上げて泣きかけたとき、パパはいきなり上着を脱いでベッドの上に広げた。それからわたしのポシェットを「貸しなさい」とそっと首から抜き取り、黒い上着のシートの上で丁寧にひっくり返した。

「ほら、ちゃんとある。一粒もなくしてないよ」

上着の上には、わたしのハンカチやティッシュや細かな綿埃《わたぼこり》やチケットの半券や、アメの包み紙なんかに混じって、まばらな星くずみたいな砂粒があった。

パパはそれを丁寧に拾って、小さな瓶の中に入れていく。慌ててわたしも一緒に拾う。すべてを瓶に収めると、今度は上着の両ポケットをひっくり返した。

「何かじゃりじゃりすると思ったんだよな」

という言葉どおり、二つのポケットからはけっこうな量の砂粒が出て来た。その中から、わたしとパパは、ほぼ同時に別々の星形の砂を見つけた。それを瓶に詰め終えると、パパは得意気に言った。

「ほら、むしろ増えたぞ」

ニカッと、大きな口を開けて笑う。

「……ほんとだ」

わたしも思わず、笑ってしまった。パパはふと真面目な顔になって、言った。

「……今回の旅行はな、観光はほんのついでだったんだよ」

いきなりの言葉に、わたしは首を傾げた。

「ほんとはな、人に会いに来た。今、これから会いに行く」

「え、誰に？」

「おまえのお祖母《ばあ》さん……俺の、母親だ」

「……え？」

たぶんわたしは、ぽかんとした顔をしていただろう。

パパのお母さんは、パパがまだ小学生だった頃に、離婚して出て行ってしまったのだと聞いていた。パパの実家関係の人たちは、パパも含めて誰もそのことに触れない。一度だけ、酔っ払ったお祖父《じい》ちゃんが「幼い子供を捨てていくなんて、なんて冷たい女だ」と言っていたことを覚えている。

恐る恐るその話をすると、「それは違うよ」とパパは首を振った。

「お祖母ちゃんは、ただ勉強がしたかったんだ。結婚しても、子供が産まれてもね。それを、お祖父ちゃんも、お祖父ちゃんの両親も、許さなかった。それでまあ、色々あって、追い出されるような形になったみたいだな……お祖母ちゃん一人で」

「え、それなら、冷たいとか言われるのは可哀相《かわいそう》じゃん」

「お祖父ちゃんにしてみれば、お祖母ちゃんさえ我慢していれば、ずっと家族一緒にいられたのにってことらしいな。だけど、お祖母ちゃんは諦めなかったんだよ」

パパはそれ以上は語らず、「さ、出かける準備だ」と立ち上がった。

今までのラフな格好から、パパは少しだけきちんとした服装になり、わたしは少しだけ可愛い服を着る。

着替えながら、思った。お祖母ちゃんは勉強することを諦めなかった。ということはつまり、パパのことは諦めてしまったってことじゃない？　お祖父ちゃんの「捨てた」という言葉はひどいけど、全部間違いってわけじゃないんじゃない？

今回の旅行中、いや、旅行のことを言いだしたときから、パパは変にはしゃいだり、逆にユウウツそうにしたりしていた。

パパはいったい、どれだけの間、お祖母ちゃんに会っていないんだろう？

パパの緊張が、こっちにまで移ってくるようで、胸がドキドキしていた。

5

タクシーから降りて、目の前のドアを叩《たた》くと、白髪頭のお祖母ちゃんが出て来て、「おや、北斗《ほくと》。ひさしぶり」と笑った。

パパの名前だ。わたしの名前と併せると、北斗七星になる。わたしの名前はママがつけたと聞いている。そしてパパの名前は、今目の前にいる村崎十和子《むらさきとわこ》さん……わたしのお祖母ちゃんが考えたのだそうだ。

二十何年ぶりだかの親子の対面は、全然ドラマチックじゃなかった。

「あなたが噂《うわさ》の七星ちゃん。初めましてー」

両手でわたしの右手を包み込み、「握手握手」と歌うように言う。そのまま手を引き、さあ入って入ってと引っ張り込まれた。

入ってすぐがリビングの造りで、勧められたソファに座って、飲み物を出してもらう。ゲンキクールという名前の、石垣島の乳酸菌飲料だそうだ。一口飲んでから、そっと聞く。

「あの、噂のって、誰と噂していたんですか？」

それに答えたのは、パパだった。

「ママとだよ、きっと」そしてお祖母ちゃんに向き直って言う。「彼女が、ここへ来たんですよね？」

「ええ。NASAに行く前にね。とても素敵なお母さんね、七星ちゃん」

わたしは黙って、こっくりうなずく。

ママは今アメリカで、日本人女性何番目だかの宇宙飛行士を目指して、訓練の日々を送っている。この間スカイプでママと話して、パパと石垣島に行くから、ママのために星の砂を取ってくるねと言ったら、『それならママはいつか、星の形はしてないけど、本物の星の砂をお土産に持って帰るね』と返された。

ママはいつだって、百パーセント本気だ。断言したことは必ず実現してきたし、これからだってそうするだろう。

「――母さん」とパパは言った。「俺は妻を……この子の母親を応援しているよ。遠くで見守ることとくらいしか、できないけど。母さんがオヤジにしてもらえなかったことを、俺は自分の妻にしてやりたい。でも、だけどさ、やっぱりオヤジの気持ちもわかってしまうんだよ、俺は」

そう話すパパは、今まで見たこともないような顔をしていて、なぜだか泣きそうになってしまった。

遠く、高く、羽ばたいていく大切な人を、ただ見送ることしかできないのは、やっぱり辛い。取り残されて、置いていかれたような気持ちになってしまうから。

長いこと経ってから、お祖母ちゃんは言った。

「ごめんね、北斗」

「……なんで謝るんだよ」

「ありがとね、北斗」

「礼を言われるようなこともしてねえって」

泣き笑いみたいな声で、パパは言う。

ゲンキクールを飲みながら、パパ、このままじゃ、泣いちゃうんじゃね？　と、はらはらしていたとき、ピンポーンと玄関のチャイムが鳴った。

「あらあら、皆さんお揃《そろ》いで」

応対に出て行ったお祖母ちゃんが、弾んだ声を上げる。

ぞろぞろ入ってきた人たちを見て、思わず「えーっ」と声が出た。

飛行機で隣になったおばあちゃんに、あの眼鏡のお姉さん、それにサングラス男まで。

「息子の北斗と、孫の七星よ。遊びに来てくれたの」

さらりと紹介されたけど、頭の中はハテナマークでいっぱいだ。

「えーっ、北斗さんって、もしかして」と異様なテンションで反応したのは、眼鏡のお姉さんだった。「パープル博士が発見された、小惑星ホクトのネーミングってやっぱり、息子さんから取られたんですか？」

「実はそうなの」

軽く肩をすくめて、お祖母ちゃんはちらりとパパを見る。パパの顔はこちらからは見えなかったけど、気になったのは別のことだ。

「パープル博士って、外国人じゃなくて、お祖母ちゃんのことだったの？」

「ああ、ごめんなさい」眼鏡のお姉さんは、ぺろりと舌を出した。「パープル博士っていうのは、天文ファンの中でのあだ名みたいなものなの。村崎さん……紫色ってね。天文学者としてだけじゃなくて、八重山の動植物や文化の研究者としてもよく知られたすごい方なのよ、あなたのお祖母様は」

我が事のように自慢げだ。

「それで村崎博士、メールでお願いしましたように、今、天文女子が熱いんですよ。それで若い女性を対象とした天文に関する本をですね……」

いきなり仕事の話を始めるお姉さんの後ろで、順番を待っているようなサングラス男に、「なんでここにいるの？」と聞いてみた。

「それは、あなたのお祖母さんが、俺のヒーローだからです」

「え……合気道って、ごっついオジサンを想像してたんだけど……」

「あらまあ大きくなって。誰だかわからなかったわ」

朗らかに、お祖母ちゃんが声をかけている。

混乱しつつ、一番後ろでにこにこ笑っているおばあちゃんに声をかけてみる。「あの、おばあちゃんのお友達って、もしかして」

「小夜子《さよこ》さんー、おひさしぶりー」

わたしの頭越しに、お祖母ちゃんが挨拶をした。

「十和子さん……」おばあちゃんは、感極まったようにほろほろと涙を流した。「会いたかったわ、ずっと」

「こちらこそよ」お祖母ちゃんは、子供の頃の親友を、そっと抱きしめた。「本当に、慌ただしくてごめんなさいね。昨日まで波照間《はてるま》に行ってて、これからすぐに学会準備に入らなきゃならないから、あんまり時間がなくて。それで、全員集合みたいになっちゃって」

「賑やかで楽しいわ」

「そうね。こんなに賑やかなのは、ひさしぶり」

美味しい物を味わうように、お祖母ちゃんはうなずく。

それにしても、偉大なパープル博士と、気弱で賢い少女と、マッチョな合気道の達人と、そしてわたしのお祖母ちゃんが、すべて同一人物だったとは。

びっくりを通り越して笑えてしまう。

わたしはパパの耳元で、そっと言った。

「なんか、すごい人だね、パパのお母さん」

「七星のお母さんとどっこいだろ」

「ママのとこにも、人がぞろぞろ集まってきてたよね」

「いるんだよなあ、どこにいても、だれといても、核になっちゃうような人間って。パワフルで、努力家で、太陽みたいに光り輝いてて眩《まぶ》しいんだ。どういうわけだか、俺はそういう女と縁があるらしいよ」

最後の方はぼやくような感じだった。

ニヤニヤ笑って言ってやったら、頭を軽くゴッツンされた。

「えー、それって、ノロケですかー？」

ママがよく歌っていた変な歌。迷惑わくわく惑星ーって歌詞のあの歌が、結婚前にパパが自作してママに捧《ささ》げた歌だってことくらい、ちゃーんと知っているんだから。パパ的にはちょい黒歴史らしいから、知らんぷりしてあげてるのだ。

君は僕の金星《ビーナス》、だもんなあ……参っちゃうよ、ほんと。

「テレビであなた、インタビューされてて」弾んだ声で、おばあちゃんが話し続けている。「すぐに気づいたわ。何十年経っても忘れるもんですか。元気でご活躍されてることがわかって、どんなに嬉しかったか、わかる？　十和子さん」

「あー、わたしもその番組、見ました」と眼鏡のお姉さんも言う。「前々からお名前は存じ上げていたんですけど、お話しされているところを見て、この方とお仕事したいって思ったんです」

そう言えば、サングラス男もテレビを見て、と言っていた。

「パパも見たの、そのテレビ」

小声で聞いたら、パパは曖昧にうなずいた。

「ママに見ろって言われたんだよ、スカイプで話したとき。そんとき言われたよ。『あなた、お母さんに何ひとつしてもらってないって言ってたけど、星を丸ごと一つ、プレゼントされてるんじゃない。そんなお母さん、世界中探したっていないわよ』ってさ。そんな、小惑星のことなんて知らんかったし、俺の名前勝手につけたって、なにそれって感じだし……」

「素直じゃないねえ……」

やれやれとばかりに言ったら、またポコッと頭を叩かれた。

それからは皆でワイワイガヤガヤ、大賑わいだった。それぞれが持ってきたお土産のお菓子を開けて、ティーパーティみたいになり、夕方になったらお祖母ちゃんが近くのレストランに頼んだデリバリーが届き、本格的なパーティになった。

その頃にはわたしも、お祖母ちゃんと仲良く話せるようになっていた。

「ねえねえ」とわたしはこっそり聞く。「今日、みんながここに集まるようにしたのって、わざとでしょ？」

お祖母ちゃんは「おや？」というように目を見開き、にっこり笑った。

「あら、バレてた？」

「だってパパも同じだもん。ママに怒られそうなことをしたとき、いきなり友達を家に呼んで、焼き肉パーティとか始めちゃって、わーっと賑やかにして……後で結局、謝るんだけどね。やっぱ親子だね」

お祖母ちゃんはふっと泣きそうに笑った。

「だってね、会えなかった時間が長すぎて……申し訳ないって気持ちも多すぎてね、いざ来てくれることになっても、何を言ったらいいか、どうしたらいいか、わからなかったのよ。ほんと、駄目な母親よね」

わたしはそっと首を振った。

「気まずいのはパパも同じだよ。あの人無口だし。だからきっと、すごくほっとしてる」

ちらりと見たら、来る前はあれだけユウウツそうだったパパが、心からリラックスしたように皆と笑いあっている。

「でもね、やっぱりパパといっぱいお話ししてあげてね……わたしも、ママがいなくて、会えなくって、寂しいから……」

大きなあくびと一緒に、そんなことを言った気がする。それにお祖母ちゃんがなんと答えたかまでは覚えていない。今日は自転車にもいっぱい乗ったし、色んな人といっぱいしゃべったし、いっぱい食べたしなんだか疲れて、ものすごく眠かった。

気がつくと、名前を呼ばれて、そっと肩を揺すられていた。いつの間にか、ソファの上で寝ていたらしい。すっぽりと毛布が掛けられていた。

「おい、七星。起きろ。出かけるぞ」

毛布を肩にかけたまま、半分眠ったような状態で外に出る。時間はわからないけれど、完全に夜だった。家の前には、大型のワンボックスカーが停まっていた。

他の皆はすでに、後ろの席に乗っている。運転席にいるのはお祖母ちゃんだ。わたしとパパが乗り込んだら、お祖母ちゃんはエンジンをかけた。

「星空バスツアーが中止になって、七星ががっかりしてたって言ったら、オフクロが、じゃあ今から行きましょうって」

パパが耳元でそう言った。何気に、呼び方がいつの間にかオフクロになっている。

お祖母ちゃんはコホンと咳払《せきばら》いしてから、言った。

「皆様、本日はパープルスター号にご乗車頂き、ありがとうございます。これから皆様を、とっておきの星空観測スポットへとご案内いたします」

わーっと、車内に歓声と拍手が起きる。もちろんわたしはバンザイ三唱だ。

お祖母ちゃんは、ハンドルに手をかけて、高らかに言った。

「――それでは、南十字星目指して、出発進行！」

惑星マスコ

寺地はるな

寺地 はるな

てらち・はるな

1977年佐賀県生まれ。2014年『ビオレタ』で第4回ポプラ社小説新人賞を受賞しデビュー。著書に『大人は泣かないと思っていた』『夜が暗いとはかぎらない』『わたしの良い子』『希望のゆくえ』『水を縫う』『やわらかい砂のうえ』『彼女が天使でなくなる日』『どうしてわたしはあの子じゃないの』などがある。

堤防に仰向けになって空を見ている。コンクリートの堤防は一メートルほどの幅がある。顔を横に向けると水平線。色調の異なる青できっぱりふたつに分けられた世界が広がっている。ああいいね、なんてわたしは思う。世界がこれぐらいシンプルだったらいいのにねと。空と海。善と悪。幸福と不幸。あなたとわたし。

七月の良いところは、緑の色があざやかなこと。暑いから洗濯物がよくかわくこと。日差しは皮膚がちりちりと痛むほどに強いのだが、堤防は日陰になっているために、すこし肌寒い。コンクリートがわたしの背中の温度を奪い、皮膚を粟立《あわだ》たせる。わたしが生まれ育った街では、日向《ひなた》と日陰の温度がここまで違うことはなかった。

ざっすざっすという靴音が聞こえる。わたしは人間関係およびそこでかわされるコミュニケーションのあれこれにたいする感度が鈍いらしく、しょっちゅう「空気読めよ」とか「ここ笑うとこだよ」とか言われてしまうのだが、聴覚はすこぶるつきに鋭い。だから顔を海に向けたままでも、その足音が体重の軽い子どものものであること、地面ではなく堤防の上を歩いてきたことがわかった。

ざっすざっすはどんどん近づいてきて、枕代わりにしたわたしのトートバッグの数十センチ手前で止まった。小さな頭が突き出されて、わたしの顔をのぞきこむ。影になって、顔の造作はよくわからない。でもたぶん小学生。子どもと接する機会がないので年齢の見当はつかないが、あきらかに幼児ではないから小学生。長い髪をふたつに分けて耳の上で結び、スカートの下にスパッツのようなものをはいている。赤いTシャツには『Wonderful driving!!』と書かれている。文字の下にトラックを運転している猫の絵がプリントされていた。猫は片手（前足？）を上げてわたしに挨拶してくる。ワンダフルドライビング！ こういう意味不明なTシャツをわたしも小学生の時分はよく着せられていた。

「あんた、宇宙人でしょ」

子どもが甲高い声で言った。コミュニケーション能力に長《た》けた地球人はこういう時、なんと答えるのだろう。なに言ってんのハハンと軽くいなすのだろうか。わたしはかつて、ほんとうに宇宙人だった。わたしは「異星人」という表現をつかっていたけれども。

白日町《しらびちょう》は九州北部、耳中《みみなか》半島の北側に位置する町だ。県の地形は人の頭部のように丸っこい。県庁所在地を鼻としたら、後頭部でぴょこんとはねた寝ぐせが耳中半島だ。寝ぐせの毛先が白日町になる。

一時期UFOの目撃情報が頻発してその手の雑誌が取材に来たこともあったらしい白日町だが、多くの人にとってはたんに「イカの活《い》き造りが名物の漁師町」という認識ではなかろうか。灯台の周辺には『いか将軍』、あるいは『いか天国』などイカ料理の店が並び、週末は近隣県からのドライブ客でにぎわう。

すこし前から居候している姉の家は、そうした観光客が足を踏み入れることのない町の反対側のエリアにある。坂道は傾斜がきつく、家々はがんばって切り開きましたという感じの狭い平地にぎゅうぎゅうづめに建てられている。「そんなにくっつけなくても」と思うぐらいに家と家との距離が近い。車はおろか自転車で進入することも難しい狭い道をはさんで、同じようにくすんだ灰色の外壁と屋根で構成された家々が並ぶ風景は、例の塗り絵をわたしに思い出させる。

例の塗り絵なんて言ってもわたし以外の人にはさっぱりわからないだろう。半年ほど前、三十歳の誕生日に会社の先輩からプレゼントされた塗り絵のことだ。

「あなたみたいな人には、これすごくいいと思うよ」と渡されたその塗り絵の本は、表紙に「自律神経のバランスをととのえる」とでかでかと書かれていて、わたしは自分が先輩の目にどのようにうつっているかを思い知った。

どのページも緻密な風景画ばかりだった。二ミリ幅の屋根の模様を延々と塗るような単調な作業をやっていると、だんだん腹が立ってきた。どうもわたしには向いていなかったらしく、自律神経はととのうどころかおおいに乱れ、乱れに乱れて、乱れ打ち暴れ太鼓みたいな様相を呈してしまい、結局すべてのページを灰色で塗りつぶしてしまったのだった。

帰ってから台所にいた姉に堤防で会った子どもの話をすると、姉は葱《ねぎ》を刻む手をとめずに「その子はきららだよ。坂本きらら」と教えてくれた。

「堤防のあたりをうろうろして、知らない大人に話しかけるような子は、このへんではきららだけだよ」

「きらら。漢字でどう書くの？　雲母でいいの？」

「知らない」

怒っているのではない。十二歳年上の姉は、むかしからこういう物言いをする人だった。知らない。行かない。食べない。きっぱりと口にし、ぜったいに愛想笑いはしない。

他人の「大丈夫です」「結構です」といった言葉に「え、どっち？　イエスなの？　ノーなの？」といちいち戸惑うわたしは、そんな姉のシンプルさが好ましい。

姉の小学生の頃の夢は「東京の人と結婚する」だったそうだ。関西の人口十五万の地方都市に住む小学生の脳内で、東京の人イコールお金持ち、おしゃれ、かっこいい、という図式ができあがっていたらしい。大阪でも神戸でもなく、あくまで東京だったという。東京の人と結婚してアーバンライフをエンジョイする、と卒業文集に書いたというからふるっている。

そんな姉がインターネットを介して知り合い結婚を決めた相手は「東京（で就職した地方出身）の人」だった。義兄は息子、つまりわたしの甥《おい》が生まれた直後に、職場のパワハラにより心を病んだ。通勤電車に乗れず、欠勤の連絡を入れようにも会社の電話番号を見ただけで涙が出てしまうというような状態の義兄が「今すぐ死ぬか、故郷に帰るかしたい」と訴えたために、姉は自分の地元の百倍ぐらい田舎の白日町への移住を決意した。当初はいやでたまらなかったらしいが、じきに慣れて漁協でパートをはじめたり趣味で魚の干物をつくりはじめたりして、非アーバンライフをいきいきと堪能《たんのう》しはじめた。この人はどんな環境にも適応できるんだな、と感心したことを覚えている。

「万寿子《ますこ》、おかずイカだけでいい？」

「いいよ」

イカの耳《エンペラ》をつかんでずるんとワタを引き抜く迷いのない動作に、いつも目を奪われる。イカはふだんから異星人じみたビジュアルなのに、胴を外されるとさらに謎の生命体っぽさが増す。細い足がぬめりと動いて、包丁の柄にまきついた。胴体にぷつぷつ浮かんだ斑点が、なにかの信号を送るように不規則な点滅を繰り返す。

「こっち刺身にしちゃうからさ、あんたゲソやってよ」

姉は、こんどはイカの胴から皮を剝いでいる。みかんの皮でも剝《む》くみたいに簡単そうにこなしているけど、けっこう難しい。数日前にやってみてわかった。もたもたしてると身が弱ってしまうからとにかくスピードが大事なのだ。姉は早送りの映像みたいにイカの胴を水洗いし、瞬く間に包丁で薄切りにしていく。

以前教わった通りに包丁の先をつかって慎重に墨袋と目、それからくちばしを除去する。はじめてやった時には墨袋を破ってしまい、まな板を一枚だめにした。ボウルの中でゲソに塩をふりかけ、ぎゅうぎゅうと揉《も》む。指先にかたいものが触れた。姉が包丁を握り直したわたしの手元をのぞきこむ。

「なにしてんの」

「食感が悪そうだから、吸盤をそぎ落とそうと思って」

いいよそんなの。姉がフッと鼻から息をもらす。

「そんな細かいこと気にしてるから……」

それ以上言葉を続けないのは、姉なりの気遣いだと思うことにする。わたしが小学校を卒業する年に、姉は結婚して家を出た。姉妹、とひとくちに言ってもその関係性の濃度は姉妹の数だけ違う。わたしと姉の場合は、ものすごく近い部分と遠い部分が共存している。

「あ、うん」

姉はわたしが会社を辞めた理由を、義兄と同じだと思いこんでいる。違うんだけど、と否定しても「こっちにきて療養しなさい」の一点張りだった。

すっかり元気になった義兄は現在長距離トラックに乗っているので、二週間に一度しか帰ってこない。甥は大学生で、この春から家を出ている。わたしは自分には療養の必要などないと思ったが、しばらく自分が生まれ育った街を離れるのも悪くないことのように思えた。

ごはんと豆腐とわかめの味噌汁《みそしる》、イカの刺身とゲソのバター焼きという夕飯を食べながら、姉は、坂本きららは姉が勤めている「スーパーマルナガ」というスーパーマーケットの同僚の娘なのだと教えてくれる。

「なに話したの？　あの子と」

わたしが「なんで宇宙人だってわかったの？」と問うと、彼女はたじろいだように後ずさりし、そのまま走り去ってしまった。その話をするには、まず姉にわたしがかつて異星人だったことから説明しなければならず、億劫《おっくう》だった。「いや……とくには」とうつむいて、透きとおるイカの刺身を真っ黒な醤油《しょうゆ》に浸す。

小学生の頃、自分のことを異星人なのかもしれないと疑っていた。親とも姉ともぜんぜん似ていない、というのが理由のひとつだった。教室で普通に話していても「万寿子ちゃんっていつもなに言ってるかぜんぜんわかんない」とみんなから呆《あき》れられるので、そもそも使用している言語が違うのではないかとも思っていた。

あまりにも頻繁に「え、いつからいたの？」と驚かれるので、自覚はないが油断すると皮膚が透明化するのかもしれないという懸念もあった。服でも文房具でもなんでも、自分が選んだものはぜんぶ他の人に「なにそれ、へんなの」と否定されるので、そのたびに「わたしだけ、なんか違う」という不安が高まった。

おそらくわたしは異星人で、なんらかの調査のために地球に送りこまれたのだ。地球から遠く離れた星に研究所があって、そこに設置されたモニターに地球でのわたしの行動がぜんぶ映し出されている。その様子を想像すると緊張したが、俄然《がぜん》はりきりもした。そうか、これは調査なのか。

わたしの故郷の星はなんという名前なのだろう。わからないのでとりあえず自分の名をつけた。惑星マスコ。マスコ星人はみんなわたしとよく似た性質や嗜好《しこう》を持っている。惑星マスコに行けばわたしは「なに言ってるかわかんない」みたいなことはいっさい言われずに済む。わかるー、とみんなに同意してもらえる。いや言葉は発しない。目と目で通じ合っちゃうのだ。

いずれ呼び戻される日のため、わたしはより多くの地球人のデータを集めようと決意した。同時に「異星人であることがばれてはならない」という思いが高まった。周囲の人間を観察し、喋《しゃべ》りかたや話の内容を真似《まね》する。髪形や服装も。自分が好きかどうかより「周囲の人から見てへんではないかどうか」がすべての判断基準になった。そして中学生になる頃、わたしの擬態は完璧なものになった。息を吸って吐くように、わたしは「みんなと同じ」を選べるようになった。今日まで、自分が異星人であることもなかば忘れかけていたほどだ。あの子に指摘されるまで。

外に出て歩く。山が多いせいか、海から吹いてくる風のせいか、この季節でも夜はひんやりとしている。

半月というよりはいくぶん膨らんだ月。あの状態を呼びならわす名があるかもしれないが、残念ながらわたしはそれを知らない。スマートフォンで検索すれば出てくるのだろうが、おそらくすぐに忘れる。簡単にぬるっと入ってきた知識はこれまたぬるっと出ていく。自分の中にとどめておくのが難しい。

外灯が少なく、海も、遠くに見える山もすべて同じ藍色で塗りつぶされている。空気と地面、建物、すべての境目があいまいだ。

堤防沿いを歩いていると、夜空でなにかがちかりと光った。立ち止まって眺めたが、どうやら飛行機のようだった。

ここに来る前は田舎だからさぞかし星がきれいに見えるだろうなと期待していた。たしかに見えはするが、それはあくまで今まで住んでいた街にくらべたら見やすい、という程度のことだった。満天の星にはいまだに出会えない。わたしが近眼だからちゃんと見えていないだけという可能性がないわけでもないが。

この町でUFOの目撃情報が多いのは、空ぐらいしか見るものがないからなのかもしれない。都市部でも普通に飛んでいるのだが、みんな忙しくて空を見上げたりしないから気づかないだけで。

地元の街で会社勤めをしていた頃、夜はいつも疲れ切って下を向いて歩いていた。残業は毎日のことだった。「日常にいろどりを」がコンセプトの生活雑貨を通信販売している会社だったのだが、そこで働くわたしの生活にはいろどりがなかった。昼食はいつも自分のデスクでコンビニのおにぎりを食べていた。会社で取り扱っているすてきなランチョンマットも食器もつかわずに。

家に帰るまでに立ち寄る場所といったらドラッグストアかコンビニぐらいのものだった。猫の頭をかたどったポーチや、たいやきのかたちをした箸置きやそんなものを取り扱いながら、いったいどんな人がこれらのものをつかっているのだろうと不思議に思っていた。

恋人は友人の恋人の友人だった。万寿子と気の合いそうな人がいると言われて紹介されて、二年ほど交際をした。

塗り絵を灰色で塗りつぶしたのと同じ週に、われわれも三十過ぎたので結婚を考えるべきではないだろうか、と打診された。結婚とは三十過ぎたら考えなければならないというようなものなのだろうかと問うと、彼はたいへんに怒った。真剣な交際をしているつもりだった、きみは違ったのか、とのことだった。

わたしはいたって真剣だった。だからなおのことしっかり話し合いたかったのだが、その後連絡が取れなくなった。婚活アプリで知り合った人と婚約したと、友人の恋人から聞かされて知った。

友人と友人の恋人の申し訳なさそうな顔を思い浮かべて歩みをのろくしたわたしの正面から、足音が近づいてくる。ぴっきゅぴっきゅとその音は聞こえた。藍色を破るようにして、正面から水色とピンクと黄色のかたまりが近づいてきた。

「坂本きららさん」

正面からやってきた少女に声をかけると、ぎょっとしたように立ち止まった。おそらくパジャマなのだろう、水色の生地に巨大なピンクと黄色のハートがいくつも散らされた上下のスウェットを着用しており、足元はクロックスの偽物みたいなゴムのサンダルだった。夕方会った時と足音が違う理由はこれだ。長い棒を手にしたきららはわたしをじろじろ見る。

「なんで名前知ってんの」

「わたしの姉に聞いた。姉はあの家に住んでいる吉田千歳《ちとせ》という人。あなたのお母さんと同じスーパーマーケットで働いてる。わたしの名前は森下万寿子。名字が違うのは姉が結婚しているから」

子どもを警戒させてはいけないと思い、姉の家を指さしながら早口で説明したのだが、「知ってる」と無表情で返された。母親から聞いたのだそうだ。見かけない人がこのあたりにいるとすぐ噂《うわさ》になるとのことだった。

あ、そうなんだ、と頷《うなず》き、湧き上がるきまりわるさを腹の底に押しこみつつさりげなくスマートフォンで時刻を確認する。二十一時四十三分。小学生がひとりで出歩くには遅い時間だ。家に帰ったほうがいいよと忠告するかわりに、スマートフォンのライトをかざして彼女が握りしめている全長一メートルほどの木の棒を観察する。棒の先端には鉛筆で言うところのキャップのようなものがついていて、それは木ではなく、金属でできているようだった。鉄板を加工してつくったらしきキャップ。鉛筆のキャップと違うのは、外れないようにボルトでがっちり固定されているところ。

「これなに？」

「武器だよ。外は危険がいっぱいだからって、おじいちゃんがつくってくれた」

おじいちゃんは金属加工の工場を経営していたという。経営していた。過去形の理由について考えていると、きららが一歩踏み出した。「あんた、宇宙人なんだよね？」と声をひそめる。

「うん。でもなんでばれたの？」

「普通の大人は堤防に寝転んだりしないから」

「そうなの？」

普通の大人は堤防に寝転んだりしないのか。知らなかった。

「なにしに地球に来たの？」

「ええと……調査かな」

わたしの行動をモニターで監視するマスコ星人の姿を想像する。子どもの頃は指で触れられそうなほどあざやかだったその想像は、今ではもう曇りガラスをとおしたように不鮮明だった。

「あなたに害を与える気はないので」

両手のひらを向けて釈明すると、きららは眉をぴくぴくと上下させ、わたしの脇をすり抜けて歩き出した。なんとなく、そのあとをついていった。棒で殴られたらいやなので、じゅうぶんに距離をとりつつ。

「言っとくけど、この町には宇宙人が他にもいっぱいいるよ」

斜め前を歩くきららが振り返る。

「そうなの？」

「そうだよ。あんたとは違う星の人だと思うけど。見た目がちょっと違うし。そいつの家、見せてあげる。ついてきて」

きららの言う宇宙人の家は、密集した家々からは離れた場所にあるらしかった。山道の中腹に家が二軒、ぽつんとたっていた。暗くてよくわからないが、家の前に畑らしきものもある。

きららは去年の夏、夕方の東の空を白い光を発しながら飛んでいく丸いものを目撃したのだという。その数日後に、あの家にひとりの男が越してきた。

町内に住んでいるきららのおばあさんが言うには、あの家にはかつて両親と息子ふたりの四人家族が住んでいたのだという。両親は何年も前に相次いで亡くなり、その時の葬儀では長男が喪主をつとめていたようだったが、次男は姿を見せなかった。越してきた男はその次男だと名乗ったが、おばあさん曰《いわ》く「あんな顔やったかね、もう忘れてしもたばい」とのことだ。

「たぶん、宇宙人がその次男になりすまして勝手に住んでるんだよ、あ、出てきた。隠れて！」

きららがわたしの袖を引いたので、あわててしゃがんだ。玄関の戸が開いて、小柄な男性が庭に出てきた。庭の中央に立ったその人は、高く伸ばした両腕をクロスさせ、片足を上げる。カーテンを全開にした室内のあかりのおかげで、よく見えた。

「見て！　宇宙と交信してる！」

「ヨガのポーズじゃないの？」

きららは人さし指を唇に当て、わたしの声の大きさを咎《とが》める。

「男の人はヨガなんかしないってパパが言ってた」

それはちょっと極端な意見ではないだろうか。きららは「ママが言うには、あいつマルナガでいつも小麦粉しか買わないんだって。へんでしょ？」「喋りかたもへんだし」「夜遅くに、家の中からスパンスパン聞こえるし」と言い募る。静かにしていなくていいのか？

「喋りかたがへんってどんな感じ？」

「アタシなんとかなのよね、みたいな」

「ものすごくへんというほどではないと思うけど」

語尾が「～ぞなぷちょ」とか「～げるげ」だったら「おっ、独特だね」と衝撃を受けるかもしれないが。目を凝らして、家の前の畑を見る。

「小麦粉以外の食材は自分で栽培してるんじゃない？」

そんなことで「へん」などと決めつけられた名も知らぬヨガおじさんにたいして同情を禁じ得ない。

「じゃあスパンスパンは？　なにしてる音？」

二軒並んだ家のもう一軒は、どうやらきららの家らしい。毎日のようにスパンスパンという音が聞こえてくるのでたいへんに不気味なのだと真剣な顔で訴えてくる。

「それは知らないけど……」

言い淀《よど》むわたしに、きららは「ほらね！」と顎を上げる。

「いい？　へんな人はみんな宇宙人なんだよ」

きららが握りしめた木の棒の先が、ぐりぐりと土にめりこむ。ヨガおじさんに目をやると、飛び立つ前の大鷲《おおわし》のように両腕をダイナミックに広げていた。


あの子学校で浮いてるんだって、と言って姉が朝食のそうめんをいきおいよく啜《すす》る。すりごまをたっぷりと入れたつゆの飛沫《ひまつ》がテーブルの上に飛んだ。今日はスーパーマルナガの仕事は休みだそうだ。朝からふたりでずるずるとワイドショーなんか見ている。

「どんなふうに？」

「なんていうの、行動が突飛、っていうの？　急に歌い出したり、遠足に行った先で行方不明になったり、そんな感じ」

そこで言葉を切って、またそうめんを啜る。わたしはとっくに食べ終わっていて歯を磨きにいきたいのだが、姉がきららについて話しているため席を立てない。

「あと、虚言癖があるらしい。ＵＦＯを見たとか」

「それ、あの子のお母さんが言ったの？」

「まさか。みんなが噂してるんだよ」

姉が言うにはきららの母は「娘がへんな子で、肩身が狭い」のだという。

「坂本さんは若いからね。なにかあるたび育てかたがなってない、若い母親はこれだからって言われがちだよね」

きららの母は二十七歳だそうだ。姉が食べ終わるのを待って、わたしはすべての食器を洗う。二十七歳。二十七歳。頭の中で「二十七歳」が鳴り響く。きららは八歳だというから、十代で妊娠・出産したことになる。

自分が二十七歳だった時のことを思い出してみようとするが、淡かった。ほんの数年前のことなのに。やべーアラサーだよー、とか言っていたような気がする。焦るぅ、などとも。なんの焦りもほんとうはなかったのに、世間一般の二十七歳ぐらいの女はそのように口にするものだろうと思いこんでいた。

「でも自分のお母さんに『肩身が狭い』と思われてるのはきついよね」

ありのままという言葉はかつて乱用されまくった感があり、いま口にするのはたいへんにこっぱずかしいのだが、それでもやっぱりありのままの自分を愛してほしいというのが、子どもサイドからの願いではないだろうか。おずおずと訊《たず》ねると「そりゃ、理想はね」と姉は渋い顔で頷く。

「愛してあげたいとね、思ってるよ親だって。だけどやっぱり気にしちゃうの。人並みであってほしいと思っちゃうの。知ってるんだよみんな、子どもは親の成果物ではないって。でもね……」

きゅうに歯切れの悪い口調になる姉にも、かつてはそんな悩みがあったのだろうか。甥は、わたしの目には平均的な男子以外のなにものでもなく見えた。二歳頃は乗りものが好きで、ちょっと大きくなったら特撮のヒーローに夢中になり、小学生になるとモンスターをあつめるゲームにはまり、中学生になったら黒ずくめの服を着たり財布とベルトをチェーンで繋《つな》いだりわかりやすく周囲に反抗してみせたりと、ありとあらゆる成長の過程で「男の子ねー」と言われるような子だった。

庭に出て歯を磨いていると、声が聞こえてきた。にぎやかというよりはかまびすしい複数の子どもの声と、それをたしなめる大人の声。二十人ほどの小学生が列をなして通り過ぎていく。めいめい水筒を提げているので遠足かと思ったが、リュックサック的なものは持っていない。だからたぶん社会科見学かなにかだろう。「わたしたちの町、白日」みたいなタイトルの学級新聞をつくったりするのかもしれない。

列の真ん中あたりに、きららがいた。一列になって歩く彼らは振り返ったり、手をのばして前の人の背中をつついたりして楽しそうにお喋りしているのに、ひとりだけうつむき加減で無言をつらぬいている。装着しているマスクが大きすぎて、表情はわからなかった。

「万寿子、あんた回覧板持っていって」

部屋の中から声をかけられて「え、やだ」と答えたが口の中がまだ泡だらけだったせいで、その返事は「ふぇ、ひゃだ」と聞こえた。

「百円あげるから」

はい行ってきなさい。回覧板をはさんだ青いバインダーで背中を突かれる。

「あとついでにマルナガでお菓子買って来てよ」

「どんなお菓子」

「なんか……おいしいやつ」

回覧板を隣の家の郵便受けの上に置き、スーパーマルナガを目指して歩きながら、わたしは姉がたまに実家の母親にそっくりになることについて考える。「百円あげる」と小銭で釣る発想、「なんかおいしいやつ」というあいまいなくせに切実な要求。二十年近く離れて暮らしているのに、母と娘は似てしまうのか。

それとも同じように「二十代で結婚・出産、以後パートタイム労働に従事」という人生のコースを選択した女性同士だから似てくるのだろうか。もちろん姉が母をロールモデルとし、寄せていっている可能性もある。

わたしは、先人をロールモデルにしてこなかった。常に周囲と足並みをそろえるということを常態としてきた。それなのに「三十歳に到達したので結婚を」という恋人の意見に、頷けなかった。

「なぜ」は一度生まれると、あとからあとからどんどんあふれてきた。あふれにあふれて、わたしの行く手を阻んだ。だから立ち止まった。今もそのままだ。死ぬか故郷に帰るかの二択を迫られた義兄にくらべればなまぬるい状況なのだろう。

スーパーマルナガは閑散としていた。お菓子売り場を見つけ、ルマンドとバームロールのどちらを買うか迷ったのちまさかのエリーゼをかごに入れ、いちおうプリンなどの洋生菓子の方向性も検討しておこうと身体《からだ》の向きを変えた時、男性の存在に気づいた。

その小柄な男性は、小麦粉をふたつかごにいれていた。きららに宇宙人呼ばわりされていたあのヨガおじさんだ。

ヨガおじさんはお菓子売り場の端の製菓材料が並ぶ一角にいた。製菓用のくるみを手にとって、袋を裏返したり逆さにしたり蛍光灯にすかしてみたりしてものすごく真剣な顔で吟味したのち、かごにいれた。

小麦粉以外も買ってるじゃねえか。噂というものはやはりいいかげんなものだ。

レジは四台あるうちの二台しか稼働していなかった。「っしゃっせー」みたいな奇妙な音を発する茶色い髪の女性店員の胸に「さかもと」のネームプレートがある。この人がきららのお母さんか。むこうのレジではヨガおじさんが会計をしている。わたしが小銭を出すのにもたついているあいだに、さっさと出ていってしまった。

外に出て、数メートル先を歩く姿を見つけた。ヨガおじさんは足音を立てずに歩くがその速度はのろく、すぐに追いついてしまう。

Tシャツというよりはカットソーと呼びたくなる形状のうす桃色のトップスに細身の黒いパンツをあわせている。頭に巻いている黒いあれはターバンだろうか。ターバンっぽい帽子だろうか。ター帽みたいな名前があったりするんだろうか。同年齢の男性の大多数とはかなり系統の違うファッションかもしれないが、ヨガおじさんにはよく似合っている。

一定の距離を保って後ろを歩いていると、ヨガおじさんが突然振り返った。ばっちりと目が合ってしまう。咄嗟《とっさ》に目をそらしたら、ずんずん近づいてきた。わたしの前に立ちはだかり、腰に両手を当て、わたしのてっぺんからつまさきまでじろじろ見る。

「あんた、このあいだうちの庭のぞいてたでしょう」

ヨガおじさんはどうやら、とても怒っているようです。次の選択肢から正しい返答を選びなさい。

1　え、なんのことですか？

2　のぞいてなんかいません。たまたま通りかかっただけです。

「のぞきました。ごめんなさい」

口から勝手に、ぜったいに正解ではない返答が飛び出した。最近のわたしはなぜか「普通の人」のふるまいから、どんどん外れていく。

「ふん」

ヨガおじさんはわたしを睨《にら》み、くるんと踵《きびす》を返して歩き出した。

「あの女の子、裏の家に住んでる子よね。いつもうちを観察してるの、前から知ってる」

背を向けたままだが、いちおうわたしに話しかけてくれているらしい。

「そうみたいですね」

「庭に入りこんでたこともある。悪さするわけじゃないから、今まではほっといたけどね。あんた、あの子のなに？」

「ひとことで言うと他人ですが」

わたしの名前は森下万寿子、一身上の都合により会社を辞めて姉の家に居候しています。自己紹介をしたところできららとの関係性は説明できないとわかっていたが、まずはそこから話しはじめなければならない。ヨガおじさんは「いい年した女が田舎で自分探し？」といやみっぽく鼻を鳴らす。

「とくに探してはいません」

自分探しという言葉を聞くたび、わたしは懐中電灯とスコップ片手にうろうろしている誰かを想像する。地中に埋まった宝のように光り輝く「ほんとうの自分」があると信じて血眼で歩きまわる誰か。そんなもの、きっとないのに。

「ふうん」

宇宙人ヨガおじさんは疑わしげに首を傾《かし》げた。じろじろとわたしを見るのだが、視線は合わない。わたしの頭や首のあたりに視線を注いでいる。

「ただじゅん」

名乗られたのだと理解したのは、それから数日後のことだった。スーパーマルナガでもう一度会い、「お茶でも飲んでいく？」と誘われたのだ。連れ立って出ていくわたしたちを、レジにいた姉が目を丸くして見ていた。玄関の『多田純』という表札を見て、そこではじめて理解したのだった。ただじゅんイコール多田純であると。

純さんは長年勤めていた会社が廃業したので（「婦人服とか子供服を卸売りしてる小さい小さい会社よ。社長がよぼよぼのおじいさんでね、跡継ぎもいなくて」）、空き家になっていた生家に住むために戻ってきたとのことだった。現在五十八歳で、再就職は考えておらず（「だってこんな田舎に仕事なんかないでしょ」）、古着をリメイクしてつくった帽子を売っているとのことだった（「食っていけるほど収入はないけどね」）。

「こういうの、もともとお好きだったんですか」

縁側に座り、純さんがつくったという帽子を広げた。ど派手な柄の布を縫い合わせたチューリップハットやうさぎの耳がついたキャップ。強烈でかわいい。純さんはハンドメイドの商品を売るためのサイトに登録していて、そこではちょっと派手過ぎるかなと思うぐらいのものがよく売れるそうだ。

今日は、サイトに掲載する画像のモデルになってくれと頼まれて、ここに来た。

「そう、趣味でね。今はネットがあるから世界のどこかにいる、自分と同じものを好きな人に出会える」

いい時代、としみじみ呟《つぶや》く純さんは、子どもの頃からきれいなものが好きだったという。

「でも昔は、多様性なんていう言葉はなかった。みんなが好きなものを好きでなければならなかった」

純さんがカメラをのぞきこむ。

「わかります」

声に異様な実感がこもってしまったことに気づいて、かるく咳払《せきばら》いをする。純さんは、でも、自分の好きなものを、その頃から今日まで一度も手放さずに生きてきたのだろう。それは容易なことではなかったはずだ。

わたしは早々に擬態することを学んだから、そう大きな困難のない人生だったけれども、かつてはわたしの中にあったかもしれない「どうしても好きなもの」は、なにひとつこの手の中には残っていない。

わたしの頭に黒いハットがかぶせられた。布製のちょうちょがたくさんとまっている。

「あんた、頭のかたちがいいのよね。首が長いのもいい。帽子が映える」

純さんはつぎつぎとわたしの頭に帽子をのせ、シャッターを切る。頭のかたちと首の長さをほめられたのははじめてだった。純さんは最初に会った時から、わたしに帽子のモデルを頼みたいと思っていたらしい。

撮影が終わると、もう夕方だった。ちょっと待っててね、と純さんが家の中に消える。コーヒーを淹《い》れる匂いとこうばしくて甘いなにかの匂いが流れ出し、まじりあう。深く吸いこんだら、なぜかわくわくしてきた。

「はい、どうぞ」

傍らに置かれた皿にマフィンがふたつのっていた。玉ねぎと黒胡椒《くろこしょう》のマフィンだという。

「おいしいです。甘くないマフィンはじめて食べました」

「あ、そう。ゆっくりめしあがれ」

縁側に並んで座って、しばらく海のほうを見ていた。純さんの家は山の中腹にあるから、海と姉の家があるあたりが見下ろせる。西のほうの空が赤みを帯びていき、家々はただの黒い影になる。

「もしかしてこれも手作りですか」

「もしかしなくても、そう。あのマルナガっていうスーパー、品揃《しなぞろ》えがしけてるじゃない。だからお菓子やパンはぜんぶ自分でつくってる。パンって、けっこう簡単よ。夜のうちに生地をこねて、冷蔵庫でゆっくり発酵させて、朝焼くの」

きららが言っていたスパンスパンは、パン生地をこねている音だったようだ。

ふいに、食器が床にたたきつけられたような鋭い音が、どこかでした。短い叫び声が続く。とっさに周囲を見回したが、純さんは表情を変えない。

女の人の泣きわめく声。男の人の怒鳴り声。今度は、どすんという音。どうやら、きららの家のほうから聞こえてくるようだ。

「いつも、あんな感じよ。あの家」

純さんが目を伏せて、マグカップに口をつける。

「それはつまり、DV的な……」

「いいえ、あれは派手な喧嘩《けんか》って感じね。子どものことでいつも言い争ってる」

育てかたの問題。しつけ。恥ずかしいこと。普通じゃない子。純さんは指を折って、漏れ聞こえた言葉を挙げる。口の中に残っていたマフィンがきゅうにただの重たいかたまりになり、飲みこむのに苦労する。

「おいで！」

純さんがとつぜん声をはりあげる。わたしに言ったのではなかった。植えこみからのぞいていたきららが、弾《はじ》かれたように立ち上がる。

「こわくないでしょう？　このお姉さんもいるし。おいで」

高い木の枝の先で身動きできない子猫に話しかけているみたいな、そんな切実さのにじんだ声だった。だからわたしも「おいでよ」ときららに向かって手招きしてみる。

きららは三歩進んで二歩下がるような警戒心丸出しの歩みで庭を進み、長い時間をかけてようやく縁側にたどりついた。

純さんがきららにマグカップを差し出す。コーヒーに牛乳がたっぷりと加えてある。子ども仕様だ。

わたしと純さんのあいだに座ったきららは、差し出されたマフィンを疑わしそうに眺める。見かねた純さんが半分に割って片方を食べて見せると、ようやく口に持っていった。

「宇宙人同士、仲良くなったの？」

一瞬ひやりとしたが、純さんはフンと鼻を鳴らしただけだった。

遠くなったり、近くなったりを繰り返しながら、きららの両親が言い争う声が聞こえ続けている。

「おいしい？」

「おいしくない。ぴりぴりする。辛い」

うつむいたまま口をもぐもぐと動かすきららの首筋に、濡《ぬ》れた髪の毛が数本へばりついていた。肩も腕もちょっと力をこめたらぽっきり折れてしまいそうに細い。ずっと外を歩きまわっていたのだろうか。両親が言い争っているから家に入れなかったのか、あるいは言い争っているから外に出たのか。

「今日は武器持ってないんだね」

「そんなの持ち歩くのへんだって、取り上げられた。ほかの子はそんなことしないからだめだって。前はいいって言ってたのに」

父親なり母親なりに「前はいいと言われていたことを後からだめだと禁止される」ことは、彼女の家ではよくあるらしかった。

「きららはきららのままでいいんだよって言ったあとで『どうしてみんなみたいにできないの』って怒る。言うことを聞きなさいって言ったあとで、『自分の頭で考えなさい』って言う。きゅうに言うことが変わるパパとママは、べつの誰かと入れ替わってるみたい。それか、誰かに操作されてるみたい」

小刻みに震えている肩を見おろす。

もしかしたらこの子は今までずっと、不可解な事象すべてを宇宙人のしわざととらえることで、なんとか自分を納得させようとしてきたのかもしれない。

「あなたはあなたのままでいい」と「どうしてみんなみたいになれないのか」。正反対の感覚がひとつの人間の中に共存していることは、きららにとっては親が宇宙人とすりかわったように見えるほど、ふしぎなことなのだ。

地球在住の普通の大人への擬態に結局失敗してしまったわたしは、目の前で涙ぐんでいる子どもを慰める言葉を持たない。救いを求めるように純さんに視線を向けたが、困ったように肩をすくめられただけだった。

「UFOを見たって言ったら前はパパもママも信じてくれたのに、今は『嘘《うそ》ばっかりついてるとお友だちに嫌われるよ』って怒るの、おかしいよね？」

「おかしいね」

人の心は、なんて矛盾に満ちているんだろう。

陽《ひ》が落ちて、庭の草木はすべて闇にのまれてしまう。冷えてきたね、と純さんが自分の両腕をさする。もうそろそろ姉が帰ってくる頃だが、なんとなく立ち上がれなかった。きららが見たというそのUFOを、わたしも見てみたかった。どんな材質でできているんだろう。やっぱり地球には存在しない金属を使用しているのだろうか。

ある日突然、惑星マスコからの使者がわたしの前に現れる。そんな空想を、かつて何度もした。迎えにきたよ、と使者は言う。いや言わない。テレパシーをつかうから。わたしの喜びは、相手に正確に伝わる。

わたし、ずっと地球でがんばってきたんです。

ああ、見ていたよ。きみはじゅうぶんがんばった。さあ、われわれの星に帰ろう。

「あったかい飲みもの、入れてくるから」

純さんが立ち上がって、部屋の中に入っていく。

湯気の立ちのぼる紅茶のカップをのせたトレイを捧《ささ》げ持って戻ってきた純さんときらに惑星マスコの話をしてみた。

はじめて自分以外の人間に話したから、うまく説明できたとは言い難かった。額に汗をにじませながら話し終える頃には、熱かったはずの紅茶はぬるくなっていた。

「なにそれ」

「なにそれ」

年齢も性別もなにもかも違うふたりが異口同音に言い、顔を見合わせる。

「わかります？　こういう感覚」

「わかんないよ」

「わかんない、ぜんぜん」

がっかりはしなかった。相手を好ましく思うことと、わかりあえることは違うから。

地球にいるわたしたちは、ほんとうはみんなひとりひとり異なる星から送りこまれた生きものなのかもしれない。だってこんなにも通じ合えない。

でももし今惑星マスコからの使者がわたしを迎えにきたとしても、わたしはＵＦＯには乗らない。もうすこしだけここでがんばってみたいんです。きっと、そんなふうに伝える。テレパシーのつかえない、誰ともわかりあえない、この地球で、と。

「へんなの」

へんなの。二度言ったきららの小さな肩は、もう震えてはいなかった。ほんとね、へんね、と純さんが肩をすくめ、へんですよね、とわたしは頷く。空のてっぺんの、高い、高いところで、なにかの白い光が点滅している。わたしはそれをマスコ星人からのエールだと勝手に思うことにした。

空へ昇る

深緑野分

深緑 野分

ふかみどり・のわき

1983年神奈川県生まれ。2010年「オーブランの少女」が第7回ミステリーズ！新人賞で佳作に入選。13年に同作を含む短編集『オーブランの少女』でデビュー。他の著書に『戦場のコックたち』『分かれ道ノストラダムス』『ベルリンは晴れているか』『この本を盗む者は』がある。

土塊《どかい》昇天現象を一番はじめに目撃した人物は、異常と感じただろうか？

古代、あるいは原始の時代に時間を巻き戻してみる。大地に直径二爪ほどの穴が突如として開き、そこから無数の土塊が浮かび上がり、真《ま》っ直《す》ぐ天へ昇っていく様を見て、驚いた者はひとりでもいただろうか？

百陽年続く星塊《せいかい》哲学学会は百名の天才鬼才異才を有しているが、現在に至っても、この疑問の答えにたどり着いていない。誰かがその疑問をぽつんと呟《つぶや》けば、哲学者たちはぎょっと目を見開いて、天井を見上げたり、爪で苛立《いらだ》たしげに机を叩《たた》いたり、霞煙草の煙をすぱすぱとくゆらせて思案の靄《もや》に包まれたりしたが、抜きん出た才覚を以《もっ》てしても、真相はわからなかった。

「まわりが何ひとつ浮かんでいないのに、急に土だけが空へ浮かんだら、比較の問題から驚くのは予期できる反応だろう」

「そうは言うが、君は生まれてはじめて土塊昇天現象を見た時、驚いたのかね？」

「……いや、何も感じなかった」

「然《しか》り。みなそうだろう。つまり我々は生物として〝最初〟から、あの不可解な現象に馴《な》らされているのだ。つまり遺伝子だ」

「待ちたまえ、〝最初〟とは何だ？　どこを指す？　仮に現象の情報が我々の遺伝子に組み込まれているとしたら、なおのこと〝最初〟があったはずだ。この現象が我々人類にとって奇妙であるからこそ刻み込まれたのだ」

「やれやれ、君たちは遺伝子まで持ち出すのかね。生まれた直後の赤子は陰陽を知らないが、陰陽を見て怖がる子どもはいない。空には陰と陽のふたつの星があり、陰がまわれば夜が来て陽がめぐれば朝が来るのは自然の摂理だと、いつの間にか理解している。ただ日常を過ごすうちに馴れていくだけさ」

「だとしても〝最初〟はあったはずだ。はじまりのないものなどない」

　星塊哲学と正式に名付けられたのは百年前だが、この問答、そしてそこから発展した星塊学の基礎は、二千陽年以上も前から続いている。ただ、いつの頃からか学問の道は分かれ、星塊学は星塊哲学、星塊物理学、星塊天文学の三本柱によってそれぞれに考察されるようになった。いずれも基本的には土塊昇天現象を研究するが、土塊学ではなく星塊学という名称がついたのは、浮かび上がった土塊が宇宙へ達し、この惑星のまわりをくるくると回るので、「つちくれなどという矮小《わいしよう》な名前より、宇宙も包括できる規模の名前がよいだろう」という、学会設立当時もっとも著名であったひとりの天才学者の、明るく屈託のない意見のせいだった。

しかし同じ星塊学といえど、交わることはほとんどない。むしろいがみあうばかりで、たとえば「はじめて土塊昇天現象を見た者は異常と感じたか」という疑問に対して、星塊物理学者は「これだから哲学者は」と鼻で笑いがちだった。

「異常と感じたから何だと言うんだ？　そもそも、仮に〝最初の人〟がいるとして、他人が気持ちを読み取れるだろうか？　所詮想像の範囲を出ない。不毛な議論そのものだ」

星塊物理学者たちは、その名がつくよりもずっと前から、観測と数式を用いた理論を使い、人間の感情は考慮しなかった。驚こうが驚くまいが、現象は起きる。日々、世界中のあらゆる場所、あらゆる地面に、大人の指が二本入る程度の小さな穴が穿《うが》たれ、そこから指の先ほどの小さな土塊《どかい》がふわふわと浮かび上がり、重力を無視して天へ昇っていく。つちくれは酸素の層を越え、ついに宇宙へ飛び出すと、極磁石に吸い付けられるかのように方向を変えて一列に並び、星の周りを囲う細い輪――土塊輪《どかいりん》となって、ゆっくりと回転する。

それはずっと昔、想像も及ばぬくらい遥《はる》か遠い、太古の時代から現在に至るまで、永続的に続いている現象だ。

惑星に住むすべての生物がこの現象に馴れていた。奇妙だなと思いこそすれ、陰はなぜ冷たく、陽はなぜ温かいのか、蟲《むし》はどうして我々と姿形が違うのか、そういった疑問と同じくらいの奇妙さでしかなく、「そういうものだ」と割り切ってしまえば良かった。あるいは、植物を育み時に枯らす陽を畏れ敬うように、土が重力に逆らって天へ向かう現象を、神の存在の証《あかし》だと信じればいい。実際、救世主を名乗る男が星の宗教を席巻し、神を決めつけてしまうまで、かなり多くの人々が土塊昇天現象を崇《あが》め奉っていた。この頃はまだ、土塊輪は地上から確認されず、大地の欠片《かけら》が空におわします神のもとへ還《かえ》っているのだと考えるのが自然だった。

ともあれ、いつの時代も疑問を持ち続ける者たちはいた。ごく当たり前の自然現象だと片付けられず、かといって神と重ね濁すこともできなかった彼らは、やがて学問の道を進む。星塊物理学者たちは笑うが、星塊哲学者たちの言う「異常と感じた者」は、一番最初ではないにしても、自分たち自身を指していた。

計測の歴史は古代まで遡る。今のところ発見されている古文書の中で最古の記録では、原初の計測法を編み出したのはひとりの測量士だったという。

陽《ひ》に灼《や》けて一面黄色くなった大地に立ち、長く真っ直ぐな棒を片手に、測量士は仲間たちが後ろ歩きで離れていくのをじっと見ていた。棒には玉結びを等間隔にこしらえた紐《ひも》が結んであり、ぴんと張れば土地の長さを測ることができた。

その日も暑かった。サンダル履きの足の甲をこそこそと這《は》う蟻角を払いもせず、測量士はぼんやりしていた。毎日毎日どこぞの地主や行政官に呼ばれては、開墾やら水路増築やらのために広さを測ってばかり。棒を地面に突き刺しては紐で長さを数える、同じことを繰り返す単調な作業にも飽きていたが、この日は特に眠気が強かった。昨晩妙に寝付きが悪く、何度も夢を見ては飛び起き、隣で寝ていた妻が不平を漏らした。

あくびをひとつして、地面に突き立てた棒にそっと体重をかける。角度が歪《ゆが》むから力をかけてはいけないとわかっているが、そうでもしないと眠気でよろめいてしまいそうだ。こくりこくりと船を漕《こ》ぎはじめたその時、がくんと体が傾《かし》いだ。支えにしたせいで棒が折れたのかと、慌てて飛び起きた測量士の目に映ったのは、棒を挿したちょうどその箇所に開いた穴と、そこからふわりふわりと浮かんで、宙へ向かって行こうとする小さな土塊たちだった。

土塊昇天現象自体は測量士も二、三度目にしていたし、土がすっかり抜けて空っぽになった穴は、農地や森の木の根の間、民家の前などで時折見かける。しかし広い広い星の地表のどこに、いつ起きるかもわからなかったし、運がいい者、あるいは運の悪い者が偶然遭遇する程度の頻度であって、まさか自分が挿した棒の根元がちょうど開くなどとは、思いも寄らなかった。

つちくれが穴から浮かべば浮かぶほど、棒の根元はずぶずぶと埋もれていき、まるで土の中にいる何者かに引っ張られているようだった。

測量士は呆然《ぼうぜん》と現象を眺めると、急に行動をはじめた。その猛然とした行動力と変貌ぶりに、後になって仲間たちは、「あいつは長い眠りからやっと目覚めた獅竜のようだった」と言った。

「砂だ、砂を測ってくれ！」

測量士は仲間に呼びかけてその場にうずくまると、腰に巻いた道具入れから墨亜を出して、棒に線を引いた。穴の縁からどれだけ沈んだかを記録することで、深さを測ろうとしていた。少し沈んでは線を引き、また少し沈んでは線を引く。傍らにいた測量士の友は戸惑いつつも、測量長から預かっていた砂陽計をパチンと開き、測量士の言うとおりにした。砂の落下速度で時間を測る砂陽計は精度が高く、一足から刻むことができる。

「穴の大きさは二爪。穴が深まる速さは……友よ、今どれほど経《た》った？」

「砂陽計を開いてから三十足だ」

「ということは……」

他の仲間たちが何事かと不審がってふたりを囲い、騒ぎを聞きつけた測量長が駆けつけて怒鳴っても、測量士は穴が深くなる速度を測り続けた。結果、一足——六十足で一周、六十周で一陽間であることはわかっている——につき、穴は一・五爪深くなることがわかった。

後の時代の者は「若干の誤りがある」とすぐに気づくだろう。今は子どもでも、穴の沈降速度は一足につき一・三爪だと知っている。しかし充分な設備のない古代の測量士が、誤差ほんの〇・二爪にまで迫っていたという事実は、評価されるべきだ。

記録によると、測量士は「なぜ沈降の速度を測ろうと思ったのか」という問いに、「昨夜、神からの啓示を受けたのだ」と答えたそうだ。本当にそう言ったのかは定かではなく、記録者がよかれと思って書いたのかもしれない。たとえ測量士が本気で神の啓示を受けたと主張したとしても、不思議ではなかった。この頃の一般常識は、神がすべての自然現象を司っているというもので、現代でも有用な数式を編み出した数学者でさえ、万物は神がこしらえ、また人々は神に見守られ、見張られていると考えていた。

「その筋でいくならば、〝土塊昇天現象を一番はじめに目撃した人物は、異常と感じただろうか？〟の問いの答えは簡単だ。つまり〝異常と感じた〟。古代の人間はすべての自然現象を畏れていたから、当然の反応だろう」

とある星塊哲学者の意見は確かにもっともらしく聞こえ、問題は解決したかに思われた。しかし別の星塊哲学者がまた反論する。

「かもしれない。だが君は〝一番はじめに目撃した〟という問題を解決していない。その人物は異常と感じず、二番目の人物が異常と感じたとしたら？」

「何を、それは屁理屈《へりくつ》だろう！」

「屁理屈などではないさ。二番目でも、百万とんで一番目の人物でも、変わりはないんだから。この命題の最大の要点は〝最初〟であることだよ」

さて、測量士が速度を計測したのち、現象について研究しようとする者が増えはじめた。速度はわかった。では深さはどうだろう？　この穴はどのくらい深くなって、土の放出を終えるのだろうか？

すぐに解決できそうに思える単純なこの疑問は、しかし、この後二千陽年以上経つまで解明されなかった。

最初の測量士も、速度を測るついでに深さを計測しようとした。測量棒は長く、測量士の背丈をゆうに越えていた。けれども棒はどこまでも潜っていく――もういい加減に終わるだろうと思っても、なおも棒の先端はずぶずぶと穴に沈んだ。結局、指の先で棒の頂点をつまみ、穴のふちぎりぎりいっぱいまで耐えたところで、引き抜いた。

その後も大勢の者が、現象を終えて静かになった穴に長い棒や紐を入れ、深さを数えようとしたが、底にたどり着かなかった。それならばと発明されたばかりの数字や数式を使って、間接的に計測しようと試みる者もいたが、なかなかうまくいかない。たとえば道のりと速度と時間に関係があるように、現象がはじまってから終わるまでの時間を測れば、速度と掛け合わせて長さが求められるはずだった。だが、いかんせん排出の時間が長すぎた。

穴の沈降速度は一足一・三爪、つまり一陽間あたり四六八〇爪――約〇・〇四六八路の速さで進む。これはこの世で最も遅い生物、粘蝸牛の速度とほぼ同じだった。

そして排出はいつまでもいつまでも続いた。陰が星を一回りする一ヶ陰どころか、陽が星のまわりをひとめぐりする一陽年が経っても、まだまだ土は穴から出続けていた。計測者は根気も人材も金も必要だったが、時間が経過するにしたがって消えていく。家族に愛想を尽かされ、仲間に金を払えず、路頭に迷う者もいた。たとえ途中まではうまく行っても、交替するとはいえ穴を見張り続けなければならない記録者たちは必ず飽きて、どうせ排出はいつまでも終わらないからと、酒を飲みに出かけたり欲を発散しに行ったりした。そして大概、誰も見ていない時間に排出は終わり、誰も記録をしておらず、すべて無駄、すべてははじめからやり直しとなり、計測者は心も折れた。

それでも解決の糸口を探そうとするのが我々という生き物である。

古代から現代まで、現象に居合わせた子どもは、皆だいたい同じことをする。穴の上に手をかざし、天へ向かって真っ直ぐ上昇する土塊の邪魔をするのだ。つちくれは子どもの手のひらにぽこぽことあたり、蟲が逃げ道を求めるように二手に分かれて障害物を避け、再び一本になって上へと昇っていく。面白がった子どもたちは、家や大衆食堂から鍋や水甕《みずがめ》などの大きな容器を持ちだしては、穴にかぶせ、土を閉じ込めようとした。けれども土塊は変わらず滾々《こんこん》と湧いて止まらず、いっぱいになった容器はごろんと転がり、自由になった土塊たちはまた天を目指す。

この遊びに着想を得たのが、とある裕福な地主だった。その地主は測量士が死んでからずいぶん経った後に生まれ、幼い頃から高等教育を受けて存分に好奇心を満たすと、いつか自分の力で穴の深さを測りたいという野心を抱くようになった。

地主は穴のまわりに頑丈な建物を作らせて覆い、排出された土塊の総量を計測することにより、穴の深さを調べようとした。これならば、万が一目を離した隙に現象が終わったとしても、土の総排出量を回収できれば計算可能なので、人が肉眼で黙々と見張っているより、ずっと効率がよいはずだと考えられた。ただし問題は、穴がいつどこに開くのかの予知法が、まだ解明されていなかったことだ。

仕方なく地主は、軽い材木と布を組み合わせて、王国の兵士が野営する時に使うようなテントを作り持ち運びできるようにすると、民衆に向かって、道や家の庭に穴が開いたら即座に知らせるようにと、褒美つきのお触れを出した。それからは苦難の連続だった。

穴はなかなか出現しない——晴れの日も雨の日も風の日も地主は穴のことばかり考え、公務がおろそかになった。ようやく報《しら》せがきたと思えば、村人が報酬ほしさに自分で穴を開けたものだったり、火蜥蜴の巣穴だったりした。

それでもどうにか本物の穴が開いたとわかると、地主は従者たちやテント持ちやお抱えの数学者などなどを引き連れて、穴の元へ向かった。貧しい民家のまわりはあっという間に大騒ぎになり、住んでいた家族はろくな報酬も持たされずに追い出され、家は地主が休むために整えられた。

穴の中から土塊が音もなく、真っ直ぐに空へ向かっていた。しかも現象がはじまってまだ間もない。地主は目を輝かせながら、テントをかぶせ、地面に杭《くい》を打って固定するよう命じ、土塊の量の計測をはじめた。

テントの大きさは相当に大きく、少なくとも大の大人が十人はゆうに入れ、布も頑丈だった。杭には紐を固く結びつけ、馬が引いても抜けないようしっかりと地面に食い込ませた。それでも足りなかった。

土塊昇天現象の天へ昇りつめようとするエネルギーはすさまじい。土塊は途中までうまく溜《た》め込めたが、中がいっぱいになる前にテントはふわりと浮かび上がり、杭もずるりと抜けて空へ飛んでいった。地主も従者たちもぽかんと口を開けて、青天へ消えていくテントと土塊をただ見守る。やがてテントだけが落ちてきて、回収したはずの土塊は跡形もなく、蓋のなくなった穴からは依然土塊が浮かんでは星を去る。

地主は怒りながらも興奮していた。金も物も人も大概手に入るが、この現象だけはどこまでも自分を悩ませてくれる。一度の失敗でめげることなく地主はテントを作らせ続け、穴が新しく開いたと聞いては駆けつけて、土塊を回収した。一つで足りなければ三つ、三つで足りなければ十、十で足りなければ百、百で足りなければ千。

だが集めた土塊をどうしても保存できなかった。持ち運ぶにも浮力が強すぎるので大量の重しが必要だったし、どうにか頑丈な石造りの倉庫に入れたところで、人間が扉を開けたとたん、土塊が「自由時間だ、さあ空へ」とばかりに出てきてしまう。それでもやっと閉じ込めると、今度は倉庫の支柱が抜けるか、土塊の勢いに負けてひっくり返り、やはり逃がしてしまうのだ。それに、土塊には浮力があるせいで秤《はかり》にかけられなかった。

重さは測れず、容量も、テントの枚数を数えることでどうにかしようとしたが、テントいっぱいに入ったものもあれば、半分量で杭が抜け中断しなければならなかったものもあり、いずれにせよ、正確な計測はできなかった。すべては無駄だったという結論を出すまで、あまりにも時間がかかったために、地主はもはや白髪頭でしわだらけの老人となっていた。金を使い果たし、土地を追いやられ、僻地《へきち》の四阿《あずまや》を住まいにして暮らし、手元に残ったものは土で汚れた大量のテントだけだった。

その頃には数学だけでなく物理学も発展しており、土塊昇天現象は、もはや計測を頼りにできないものだという結論が出ていた。

「そもそも計測とは、重さあってこそ可能なものなのだ。重さを無視した、この星の法則を馬鹿にしきったような現象を、計測で推し量ることは不可能。これは仮定と理論のみによって解明される」

星塊物理学者の間で今もなお尊敬を集め続けている〝智《ち》の巨人〟は、仲間との会合でそう宣言したが、運の悪いことに、その時代は宗教によって様々なものが変えられてしまった。特に、時代が進むのと比例して宇宙に出た土塊の数が増え、うっすらながらも土塊輪が肉眼で見えるようになったのも、人の畏怖を焚《た》きつけた。見よ、神のしるしがそこにある。教界は人の畏れを利用して神にすがるよう説き、諸国の王たちの信頼を勝ち得ると、物理や数学などの「あまりにも鋭すぎる目」を忌避した。この世の理《ことわり》を解こうとする行為は神への冒瀆《ぼうとく》だと決め、研究費用の出費をやめるだけでなく学者を弾圧した。学問はここで一度止まる。

しかし陽陰でも育つ植物はある。受難の時代に〝智の巨人〟はこう言った。

「私の信仰心は、ただひとつのものに注がれる。それは形もなければ、神のような厳格さもなく、対等であり、人の心を燃やし、水車よりも強い原動力となるもの。すなわち、好奇心である」

その発言を数式と一緒に弟子が書き残してしまったがために、〝智の巨人〟は捕らえられて処刑され、彼の数式と言葉は時を超えて受け継がれた。

神の名の下に国が国を侵略し、王の名の下に碧海《へきかい》を越えて血が流され、怒りと嘆きの叫びが空に響く時代となる。人は生まれた地を離れ、見知らぬ場所を蹂躙《じゅうりん》するうち、この星はどうやら球体をしていると気づくことになった。碧海をまたにかける碧海軍総督は言った。

「星が球体となると、反対側にあるはずの我が故郷はどうして空に落ちないんだ?」

王や軍の参謀たちは、効率のいい侵略には正確な学問が必要だと理解した。極磁力を使った羅針円のおかげで、星々が見えない嵐の夜でも方角を見失わずに済み、医学のおかげで兵士は栄養失調の難を逃れ、効率の良い武器が開発された。教界の力は波に削られる岩のように少しずつ弱まり、細くぐらついたものになっていき、反対に学問が徐々に力を取り戻す。

潤沢な資金と人材を手に入れた学者たちは研究に没頭した。この頃、人はようやく〝重力〟を発見し、数式を編み出して、土塊昇天現象以外の自然現象は、どうやらこの法則に縛られているのだという理解が広まった。

ますます土塊昇天現象は、意味のわからない、例外的で不可解な現象として捉えられるようになる。だが、土がただ天に昇っていくだけでは、国の益にならず侵略の役にも立たないので、この研究に関しては、資金面が相変わらず不遇だった。学者たちは口々に不満を漏らす——これほど奇怪な現象は他になく、ここにこそ神と星の間にある何かの約束事が隠されているだろうに、なぜ王は顧みてくれないのか。

磨かれた青金や白石に彩られた豪奢《ごうしゃ》な謁見の間で、他の学者や枢機卿《すうききょう》が並ぶ列の端も端にいながら、現象を研究する学者は震える声を振り絞って王に直訴した。

「土塊昇天現象の解明こそが急務です。この世で唯一重力に背くもの、その謎を解けば、きっと人は天を制することができるでしょう」

天を制する。その提案は王の心をときめかせたが、他の学者、枢機卿、側近にも笑われ、馬鹿にされれば、首肯するわけにはいかなかった。

「穴の深さも求められない愚か者どもが、どうやって天を制するというのだ？」

環境に恵まれないまま現象の探求者たちは進む。国から出発した侵略者たちの報告によると、星の裏側でも、道行きの最中に歩いたどこの土地でも、まったく同じように現象が起きるそうだ。

以前と違い、穴から土が浮上をはじめて完全に排出が終わるまで、どのくらいの時間がかかるのか、計測自体はできるようになっていた。けれどもあり得ない数ばかりが計上され、学者たちはますます混乱した。その時間、九ヶ陰。約二八〇日もの間、土塊は穴から出続けていた。

数式に従って時間と速度を掛け合わせ、深さを明らかにする。その数はおよそ一万三千路、星の直径とほぼ同距離だった。

「あり得ない」いかな現象を愛する物理学者も否定した。「間違いだ。これでは穴は星を貫いていることになるぞ。できるだけ多くの穴を観察して、反証せねば」

だがどの穴を調べても結果は同じだった。気味が悪いほど数字は似通い、学者たちは背筋が凍るのを感じた。いったいこの星に何が起きている？

「我々の常識で考えるのはやめよう。土の排出時間を単純に測ってはいけないのだ」

そうは言っても、新しい常識、既成概念を壊しまったく別の方向から見ることほど、難しいものはない。穴の深さは永遠の命題、しかし決して解けない命題として棚上げされ、学者たちは土塊にどのようなエネルギーがかかって浮上するのか、そちらの問題に取り組みはじめた。

土塊にかかるエネルギーは地柱力と呼ばれるようになり、今まで教界が決めていたような、天が土を吸い上げているとする天柱力ではなく、星の力で持ち上げられ、上へ昇っているのだという仮説が、大きく支持された。星の中心には想像を絶するほど高温の火が燃えていて、そのエネルギーが穴を穿ち、土塊を押し上げているという。しかし、なぜ空へ出た後で、訓練された兵士のように列を組み土塊輪を形成するのかの問いについては、「神のお導き」としか答えられなかった。

また時が経ち、天を制することのないまま革命が起き、王が斃《たお》され、民衆が自分たちの国を作りあげ、新しい国があちこちで生まれた頃、歴代の学者たちの中で最も若く、最も異端な者が現れた。

〝異端児〟は他の学者が棚上げした穴の深さにこだわり、およそ一万三千路の数字を、正しいと考えた。これを実証するために、自国の中でも最も緯度経度が明確な穴――すなわち古く有名な塔のすぐ根元、白っぽい砂の土に穿たれた穴に赤い旗を立てた。そしてぶつぶつ呟きながら星球儀をくるりと回すと、ある一点を指でこつんと突き、仲間を集めて冒険隊を組んだ。

冒険隊は先頭に立つ〝異端児〟に忠実だった。剛銃とガイドを連れて星の裏側、故郷と正反対の位置にある国へ旅立ち、荒波を行き、毛獣が潜む森を抜け、水分を蒸発させながら乾いた砂漠を越え、窒息しそうなほど降りしきる激しい雪の中を進んだ。体重は減り、眼光鋭く、手足の筋肉ばかりが発達した冒険家たちはついに、目指した地にたどり着いた。

瘦《こ》けて落ちくぼんだ目をぎょろつかせ、〝異端児〟は方位磁針を片手に、黄ばんだ荒れ地を探した。果たして、そこに穴はあった。自国の塔とちょうど対称の位置、星の裏側に、穴が開いていたのだ。

その後も何度となく冒険隊を組み、〝異端児〟は穴の位置を確かめ続けた。穴は一点ではない、星を貫いて、二点開いている。数字は正しかった。土塊昇天現象はまるで球体を串刺しするような現象だったのだ。

〝異端児〟は張り切って論文を書いた。伸ばしっぱなしの赤茶色の髪や髭《ひげ》にたかった這虱をかまいもせず、帰国するなり書きまくった。何日かけてもどれだけ夜を徹しても苦しくはなかった。けれども正確な検証データを付して完成した論文は「こんなものたまたまだ、都合の良いデータだけでできている」と嘲笑され、ろくに相手にもされず、消えることになった。

「碧海はどうするんだ」

幼い頃から共に学びいつも一番の味方だった親友はそう言って、〝異端児〟の肩を叩いた。

「お前は碧海を忘れている。陸地ばかりを計測するな。反対位置に碧海のある穴はどうなってる？　もし本当に穴が星を貫いているのなら、なぜ海水が出てこない？　それに地層学も考慮しろ。この星は土だけでできてるんじゃないんだ」

親友は正しかった。星は陸よりも碧海の面積が広く、穴の位置を計測するならば考慮しなければならないが、〝異端児〟はそれを避けていた。そして近年誕生したばかりの地層学によれば、この星の地中はさまざまな質の土や泥、石が層となっているもので、土塊昇天現象が吐き出すようなただの土塊は、ほんの数路分、星の浅い表層にしか存在しないという。それは実測され、実際に採掘することで明らかになった本当の事実だった。

もはや土塊昇天現象についてまともに研究すること自体が狂気だった。いったいこれは何なのだ？　〝異端児〟は満陰に照らされてかすかに光る土塊輪、百年前よりもやや太くなっているつちくれの列を睨《にら》んで呟いた。

「星よ、あなたはなぜ人にこれを見せるのだ。正体を明かさないのに、闇雲に驚かせるのはやめてほしい」

星塊哲学者たちが何度となく問う命題を、〝異端児〟は馬鹿馬鹿しいと思ってきたが、この時ほど自分が〝最後〟であったらと願ったことはなかった。もう驚きたくない。好奇心は毒だ。

〝異端児〟は酒に溺れ、博打《ばくち》に嵌《は》まり、家賃を迫る大家から逃げ回った。臓器を病んだが気にもせず、千鳥足で街を歩き回り、開きっぱなしになった穴を見つけると唾を吐きかけた。唾は穴の闇に消え、浮かびはしなかった。

その時〝異端児〟は気づいた――これまで穴が塞がったことがあっただろうか？　いつも土塊が出てくることばかりに注目して、穴を塞いで埋める行為についてはまるで考えていなかった。穴は埋まらない。誰もが知っている。なぜなら穴が深すぎて、ちょっとやそっと穴に土を入れたところでいっぱいにはならないのだ――本当にそうだろうか？

翌朝から〝異端児〟はあらゆることを止《や》めた。酒や賭博を止めただけでなく、土塊昇天現象についての論文もすべて処分してしまった。研究書をまとめ、すっかり空になった部屋を出ると、〝異端児〟は二束三文で本を売り、家賃を払って新しい本を買った。本は土塊昇天現象ではない純粋な物理学の本だった。そしてペンを取ると、ノートにこう記した。

「私が生きているうちに真実にたどり着くことはないだろう。私は謎の答えを知らずに死ぬ。とても残念だ。だが覚悟は決まった」

役立たず《イヌーテイル》は望遠鏡を覗《のぞ》く私の隣で、『星塊学の歴史』を読んでくれながら、笑いをこらえきれない様子だった。イヌーティルは歴史を好まない。誰がいつどんな研究をして成果を残してくれようと、イヌーティルにとっては「誰かの好奇心の残り滓《かす》」にすぎず、我々世代の研究の肥やしになるのみ、と考えているのだ。

しかし私はそうは思わなかった。人は思考する時、頭の中の歯車を回す。誰かと話す。互いの歯車が噛《か》み合って回る。こちらの回転を助けてくれる歯車は、今隣にいるイヌーティルのものでもいいし、見知らぬ誰かの歯車でも、数百陽年から一千陽年も前の人のでもいい。紙と文字の発明は私にとって純度の高い青金よりも価値が高いのだ。

高精度望遠鏡のレンズの先に、宇宙に浮かぶ土塊輪が見える。帯のように整然と並び、いつも変わらないスピードで進みながら私たちの頭の上にいて、晴れていれば昼でも夜でも肉眼で確認できる。

土塊輪は星々よりも間近に見え、普通の天文学者にとっては邪魔でしょうがない異物となるが、私のような星塊天文学者にとっては飯の種になる。

宇宙の星々の謎を解くよりも土塊昇天現象の謎を解きたいと考えるのは子どもばかりで、大人になってもなお星塊天文学に夢を見続ける者はとても少ない。それでも国から補助金が出続けているのは、きっかけを作ってくれた純粋物理学者、宇宙へ出た後の観察が面倒になった星塊物理学者たちと、今もなお〝最初〟の議論を続けている星塊哲学者たちのおかげだろう。

純粋物理学は一度、この世に〝最初〟は存在しないという結論を出し、星塊哲学者たちを震え上がらせた。陽間、つまり時間というものは、不変ではなく各地でねじ曲がっていて、存在や出来事が連なっているにすぎず、一方に流れていく〝時間〟なる概念は、人の思い込みであって実際には存在しないのだ、という。

それを大変緻密な計算法と論文によって世に知らしめたのは、〝異端児〟と呼ばれ、途中で研究を純粋物理学に切り替えた者に教えを受けた弟子で、我々の学問に〝星塊学〟と名付けた天才だ。

穴は、我々の星に本当にあるものではない。天才は私たちにそう教えた。この土塊は確かに星の土と性質は同じだが、穴の中の時空が歪み、同じ地層を何度も繰り返し排出しているのだ。つまり〝最初〟は定義できない。どの穴が〝最初〟であってもおかしくなく、〝最後〟であってもいい。すべてが〝途中〟だと言ってもよかった。

思索と議論の大前提を崩されかけた星塊哲学者たちは嘆いたが、先端技術を手に入れた星塊天文学者たちが、異を唱えたのだった。宇宙望遠鏡や宇宙飛行士たちが星のまわりを巡行する土塊輪を詳細に観察した結果、宇宙の真空状態によって冷やされた凍結の具合と土質の状態から、土塊自体には時間が存在し、古いものも一緒に空を回り続けていることを証明した。すなわち〝最初〟の土塊はある。不可思議なのは現象だけであって、土も宇宙も実在しており、天空を破って真空に到達し、奇妙な引力に引き寄せられて一列の土塊輪に加わった瞬間、土塊はこの世の物理法則どおりの存在になるのだ。

星塊哲学者は喜び、星塊物理学者はむっとしたが、両陣営とも、星塊天文学が継続できるよう出資せよと、国に働きかけてくれた。サンプルや正確な計測情報のない状態に苦しんだ星塊物理学の歴史、そのせいで浪費した時間を、彼らは今も惜しんでいるのだろう。

ともあれ、星塊物理学者たちの功績はめざましく、ただただ巡行する土塊輪を追いかけているだけの私たちからすると、うらやましい限りだった。最も現実主義なのは星塊天文学者たちかもしれない。

穴は時空を歪める筒だとわかった後、絶望しかけていた星塊物理学者は蘇《よみがえ》り、今度はなぜこんな現象が起きるのか、エネルギーはどこからきているのか、地柱力と天柱力のどちらが正しく、あるいは新たな力が存在しているのか、と問いはじめた。

結論はまだ出ていない。というか、我々星塊天文学者も関与しなければならない、長い長い実験の最中にあった。

　かつて中世の学者は、土塊昇天現象を応用すれば天を制すると言ったそうだが、まったくもって見当違いで、人は現象をそのへんに置きっぱなしにしつつ、自由に空を飛んだ。エンジンと翼で事足りてしまったのだ。

　まったく、これほど役に立たず意味も持たない現象は他にないだろう。水が沸騰するだけでもエネルギーになるし、爆薬は生き物を殺し、人が笑うエネルギーは人を幸せにする。だが土塊昇天現象は何もない。何のために穴の中の時空が歪んで、何のために表層を何度も繰り返し出現させて空へ向かって排出しているのか、宇宙に出るとなぜ一列に集まるのか。通常の自然現象に逆らってまで存在するほどの理由が、これにあるのだろうか。

「そういうものだから」

〝最初〟に会った時、イヌーティルはそう笑って私に握手を求めると、「役立たず」を意味するこの渾名《あだな》で呼んでほしいと言った。しかしやつほど土塊昇天現象に耽溺《たんでき》している者を私は知らない。

　休憩時間の終了を告げるベルの音と共に我々は立ち上がり、イヌーティルは歴史の本をそこらへんに放ってしまう。

「準備はいいか？」

仲間と交替で無骨なコンピュータの前に座り、ヘッドセットをつけてスタートボタンを押す。宇宙に浮かべた人工衛雲に電磁波を放たせ、巡行する土塊に照射して計測し、データを収集しているのだ。やっていることは古代の人々と変わらない。地道な計測とサンプルの収集、その繰り返し。しかしこのおかげで理論は立証できるのだ。

これでもずいぶん高画質になった画面を睨みながら、土塊の形跡を追う。地表から見れば飛行艇雲が三筋ほど走っているていどの量でも、こうして衛星器のレンズを通せばその実体がよくわかる。もはや数え切れない、おびただしい量の土塊の群れ。これが宇宙にあるのを実際に見た宇宙飛行士は、かなり精神にダメージを受けるそうだ。

このままでは星を覆い尽くす。それどころか、穴だらけになった星は崩壊する。オカルティックな予言は年々増えていくが、今のところ危機のレベルは低いし、もしそうなったとしてもまだまだずっと先のことだ。

「あり得ないね。穴はそもそもこの星のものじゃない」

イヌーティルは棒飴《ぼうあめ》を口に咥《くわ》えてカラコロ鳴らしながら鼻で笑う。お前の方が意味がわからんよ、と肩をすくめると、こちらの隣まで椅子を持ってくる。

「何だ、仕事をしろよ」

「仕事だよ、れっきとした。考えることも仕事なんだから」

私は顔をしかめてイヌーティルを睨みつけるが、やつはまるで意に介さない。

「穴は――この星に開いたもんじゃないんだ」

「はあ？」

「わからないか？　時空が歪んでいるどころの騒ぎじゃないんだよ」

「……ちゃんと説明しろ」

するとイヌーティルは床を蹴っ飛ばして椅子の車輪を滑らせ下がり、棚の上の土塊昇天球を手に取ると、足で漕ぎながら戻ってきた。

土塊昇天球は穴だらけで、正直なところ気味が悪い。無数の小さな穴が開いてぼつぼつした表面を見ていると背筋が寒くなる。できるだけ顔を背けて画面に集中している風を装った。イヌーティル自身はまったく気にしていない。

「この星に開いた穴はすでに一億を超えてる。崩壊するならとっくの昔に崩壊してるぞ。穴が開きまくった凝鉄や混凝土が脆《もろ》くなるのと一緒だ」

「まあ、そりゃあ」

「なのになんで崩壊しない？　星が頑丈だから？　星が大丈夫でもこっちは大丈夫じゃないはずだ。宇宙の中で質量がどんどん軽くなったら、重力の大きさも変わるはずだろ」

あ、と声が出た。確かにそうだし、宇宙天文学の本で読んだことがあった。宇宙は一種の弾力性のあるメッシュのようなもので、星はそこに置かれた球だ。質量によってメッシュは歪み、星は陽の周りをめぐる——自転と公転が生まれ、重力が生じる。

画面に映る土塊の群れ。これほどの量を消失した星は相当に軽くなっているはずで、陽の外周をまわる土塊輪の軌道にも変化が生じるはずだ。遠ざかるか近づくか……星の周りをまわる陰とぶつかってもおかしくない。

「思い切り弾き飛ばされていたかもしれない。軽くなって陽の重量に耐えきれず、宇宙の彼方《かなた》へ」

私は画面から目を離し、イヌーティルを見た。

「確かにそうだが」

「でも実際にはそうなってない」

そうなのだ。我々はとっくの昔からいつ崩壊してもおかしくない緊張状態にいながら、平穏な顔で生きている。

「納得できる理論はただ一つ！　この星に開いた穴じゃないってことだ」

「……なるほど？」

イヌーティルは胸を張り、不遜な性格丸出しで言う。やつの論でいくと、土塊昇天現象はホログラムのようなもので、我々の目に見えてはいるが、実際には存在しないものなのだそうだ。触れられるのはなぜだと聞くと、穴に手をかざした瞬間に、知覚が歪むようになるのだと答えた。さすがの私も顔をしかめる。

「古代から現代に至るまで、我々の全員がいわば幻覚に惑ってきたとでも?」

「同じようなもんだろう。どうせ解明しても意味はない」

〝役立たず〟の異名を誇るイヌーティルはそう嘯《うそぶ》いて自分のコンピュータの前へ戻る。

「少なくとも我々は答えを見られない。このレベルの科学技術じゃね。まあ、百陽年後ならわかるかも」

さっきやつが読んでいた歴史の本を思い出す。そうやって大勢が、現象の正体を追っては消え、追っては消えていった。私もイヌーティルも、今行っているこの観測も、このデータを欲しがっている星塊物理学者たちも、流れの一粒にすぎない。

本当に無意味なのだろうか、私たちの好奇心は。

終業のベルが鳴る。交代要員に任務を任せ、研究室を出た。白衣を着た研究員たちと何人もすれ違い、挨拶をし、どうでもいい世間話をする。小さい存在だな、と思う。新しい機材が来るとかで、廊下と壁が養生されている。その新入り機材を使えば何かが進歩するのだろうか。たぶん、あまり変わらない。ほんの十爪でも進めば御の字。

研究所を出ると、空は赤と青に染まり、夕暮れがあたりを包んでいた。よく晴れていて、あの画質の悪いコンピュータ画面よりも、土塊の帯が美しく見える気がする。帯の上にうっすらと青い陰が浮かんで、まるで土塊を見守っているようだった。

駐車場までの道をイヌーティルと並んで歩いていると、アスファルトで覆われた道に穴が開き、ゆっくりと土塊が浮上しはじめたが、行き交う人の誰も気に留めない。近頃は特に、どこにでも穴が開くので、何ひとつ珍しさがなかった。

「……確かに〝最初〟の人は驚いたのか、気になるな」

星塊哲学者たちが長年〝最初〟にこだわっていることを、以前はかなり馬鹿にしていた。好奇心の純度が濁るのは当然で、子どもが何を見ても驚き、何に触れても怖がるのは、純度が透明な状態だからだ。ごく当たり前に「〝最初〟の人は驚いた」と答えられる。

だがそれは答えを教えてくれる親が、先達がいたからではないか？「これは普通ではない」と比べてくれる誰かがいたからではないか？　恐れも驚きも、所詮は人真似《ひとまね》にすぎないのではないか？

まるで合わせ鏡のようだと思う。見えたと思った先にまだ自分がいて、どれが本当なのかわからなくなる。星塊哲学者はいつもこんな気分なのだろうか。

「宇宙が何かを我々に伝えようとしてるだなんて、思うなよ」

イヌーティルは車に乗る間際にそう言うと、軽快なエンジン音を鳴らして、私の前から去った。

私は自分の二輪自動車にまたがり、ヘルメットをかぶりながら空を見上げた。切れ目なく流れていく土塊輪の、いったいどこがはじめで、いったいどこが終わりなのか。それともいつまでもこのまま、はじまりも終わりもなく続いていくのだろうか。

エンジンをかけようと片足を持ち上げたその時、足下にぽこんと穴が開いた。またいつものように土塊が浮遊して、私の目の前から、真っ直ぐ天へと向かっていく。まるで空に帰りたがっているように。

私は穴に手をかざした。つちくれは軽く、ぽこぽこと手のひらに当たっては、元の軌道へ戻って空へ昇っていった。

その感触は柔《やわ》く、心地よく、何事もなく、確かにそこに在り、そして迷いなく宇宙を目指す。

惑い星

✷

西島伝法

酉島 伝法

とりしま・でんぽう

1970年大阪府生まれ。2011年「皆勤の徒」で第２回創元ＳＦ短編賞を受賞。14年、同作を含む作品集『皆勤の徒』で第34回日本ＳＦ大賞を、20年『宿借りの星』で第40回日本ＳＦ大賞を受賞。著書に『オクトローグ　酉島伝法作品集成』『るん(笑)』などがある。

後に旺星《おうせい》と呼ばれることになる赫《あか》い球體《きゅうたい》は、自らが生まれたばかりの新星児《しんせいじ》であることも、親である凜凱星《りんがいせい》の傍らにいることも知らずに、體《からだ》の中心から噴き上がってくる、怒りとも悲しみともつかない、渾沌《こんとん》と煮え滾《たぎ》った摩具吾《まぐあ》をただただ吐き出そうと激しく痙攣《けいれん》していたが、全身をなしているのも摩具吾であるため、體内《たいない》から輻射《ふくしゃ》する視《み》えない暗靡手《くらびて》で押さえ込まずにはおれず、熱い奔流どうしが貪り合うように蠢《うごめ》くばかりだった。

実際には親星《おやぼし》が百周近く祖令陽《それいよう》を巡る間そのような状態が続いていたが、新星児には時を把握する能力がまだなかった。

體が破裂しそうになって、全身を歪《ゆが》ませたり膨らませたりともだえるうちに自転しはじめ、やがて新星児は一方向へ滑るように動きだした。そのまま遠くへ離れていきそうになるが、親星が球状に広げる暗靡手に抱擁される。

新星児が巨大な親星の存在に気づいたのは、そのときが初めてだった。

親星が呼びかけてくる柔らかいような痺《しび》れるような声に促され、新星児はようやく自らの外部に暗縻手《くらびて》を伸ばし、親星の暗縻手に触れてしがみつく――とたんに双方の作用で親星の周縁を巡りだした。

薄青い滞気《たいき》に包まれた親星の広大な肌を眺めながらたどたどしく進む間に、體内《たいない》に心経《しんけい》の流れが生じ、交感をはじめる。

それは時の始まりであり、知覚の始まりであり、思考の始まりであり、内と外の始まりでもあった。

すると、これまで行き場なく渦巻いていた感情が、新たな星の誕生を告げる宇舞声《うぶごえ》となって一気に迸《ほとばし》り、星間に響きわたった。

こうして新星児は嬰星《えいせい》となった。

心経の交感が進むにつれ、宇舞声に含まれる視線により、自らを取り巻く惑星集落の光景を捉えられるようになる。

視《み》えない平面上に散らばる、大きさも色も模様も様々な惑星たちのなかに、激烈な燦《さん》射焔《しやえん》を放つ祖令陽《それいよう》の威容があり、嬰星は恐ろしさのあまり摩具吾《まぐあ》を震わせ、宇舞声を弱めた。

燦射焔には畐波《ここことば》が幾重にも織り込まれ、星誕《せいたん》を寿《ことほ》いでもいたのだが、嬰星にはまだ理解できるわけもなく、祖令陽が禍々《まがまが》しいものを無尽蔵に投げつけて惑星たちを滅ぼそうとする猛《たけ》り狂った存在としか思えなかった。

怯《おび》えた様子を察した親星に、やわらかい暗《くら》靡《び》手《て》で摩《ま》具《ぐ》吾《あ》のうねりを撫《な》でられるうちに影側《せなか》にまわり込んでいき、恐ろしい祖《それ》令《い》陽《よう》は視《み》えなくなった。

嬰星《えいせい》は大きく安堵《あんど》するのと同時に、親星に畏敬の念を抱く。

急に體《からだ》が冷えてきて、摩具吾の表層に薄い焰膜《えんまく》が張った。

祖令陽とは反対側に恐るおそる視線を伸ばすと、瓦斯《ガス》状になって膨張した惑星が多いことに気づく。それらが外軌道を巡る老いた惑星であることを嬰星が知るのは、ずっと後のことだ。

やがて分厚い滞気に覆われた親星の輪郭の向こうから、眩《まばゆ》い輝きが視えはじめ、體皮《たいひ》に散らばる泥の海が白い光で染め上げられていく。

嬰星は燦射焰《さんしやえん》に晒《さら》されて戦慄する。體温の急上昇とともに摩具吾の動きが活発になり、焰膜は破れて溶け消える。まだわずかな数の未発達な心経《しんけい》を、恐怖が激しく往来して押し広げ、網目を増やしていく。

気がつくと再び親星の影側に戻っており、安堵するが、ぐったりする間にたちまち時は過ぎ、また祖令陽の燦射焰に炙《あぶ》られる。

旺星《おうせい》はしきりに親星へ呼びかけることで恐怖を和らげた。

こうして灼《しやく》熱《ねつ》の昼と極寒の夜を繰り返すうちに、旺星は親星がかけてくれる囂波《こことば》から、様々な名前を指す波の形をすこしずつ視分けられるようになってきた。自分が旺星と呼ばれていることも、親の名前が凜凱星《りんがいせい》であることも。

ほどなく旺星《おうせい》は、集落に住む惑星の数々が、それぞれに奇妙な周期で行ったり来たりを繰り返していることに気づく。親星の照前《てまえ》を通り過ぎていく惑星もあれば、遠くからこちらに近づいてくる惑星もあった。

そんな中でも、親星はあのような恐ろしい祖令陽《それいよう》と常に同じ間合いを保ったまま睨《にら》み合いを続け、対等に渡り合っているようだった。體格《たいかく》も同じくらいだろう。

旺星はますます親星を誇らしく思うようになり、ときには自分の姿が親星に隠れる寸前に、挑発するような声を祖令陽に投げつけるほど大胆になった。

親星が暗靡手《くらびて》の力を強めて、どこからか大量の塵《ちり》や瓦斯《ガス》を引き集めてくれ、旺星はそれらを全身の摩具吾《まぐあ》で存分に吸い込んでいった。ざりざりという食感に歓喜する。けれど親星を覆う雲には、なぜか寂しそうな表情が垣間視《かいまみ》える。戸惑っていると、どうしたんだ、もっと食べなさい、とさらに岩の群を与えられた。體《からだ》の芯にまで染み入る味に、食欲が増して止まらなくなる。

そうやって體の嵩《かさ》が増すうちに、譶波《ここどば》をすこしずつ、部分的ながら読み取れるようになってきて、ずっと祖令陽への態度を窘《たしな》められていたと知り困惑する。

どうしてあんな悪いものに従うのか、と問うと、おまえはまだ幼い。あの方のことをなにも判《わか》っていないのだ、あの方は闇の駆逐者であり、我々の庇護者《ひごしゃ》であるというのに、というようなことを親星は囂《い》った。

納得はいかなかったが、囂波《ことば》をまだうまく読み取れないせいかもしれない。囂波には様々な波が多層的に織り込まれている上、組み合わせや強度によって解釈が大きく変わることもある。まわりを行き交う会話になると、ところどころしか聞き取れない。もっと学ばなければという気持ちになる。

旺星《おうせい》はなんとか囂波で伝えようとするが、すぐに集中力が途切れて単一の言波《ことば》にすぼんでしまう。焦ることはない。ものの視方《みかた》が広がれば、そのうち話せるようになるだろう、と親星は慰めてくれる。けれど、その囂波のさりげない重ね方の難しさに、かえって焦りは増した。


与えられる糧を貪欲に貪って體《からだ》が十倍ほども大きくなり、濁った滞気をまとうようになった頃には、視線を遠くまで伸ばせるようになっていた。まるでこちらとは分け隔てられた別世界のように、数限りない光点や不定形な雲が流れていく。どうやら遠ざかっているらしい。その光景はどこか恐ろしいような、哀《かな》しいような感情を呼び起こした。

親星にあの無数の光点はなにかと訊《き》いてみるが、うまく聞き取れない。祖令陽《それいよう》を模した星たちだ、というようなことを説明しているようだった。あの光点のひとつひとつが祖令陽《それいよう》だと想像すると眩暈《めまい》がした。

星々がどうして遠ざかっていくのかを訊《たず》ねると、わたしたちが進んでいるのだ、宇宙をはかるために、と理解し難いことを囁《い》う。

體重《たいじゅう》が増えていくに従って、親星を一周する距離が伸びつつあるのに旺星《おうせい》は気づいた。ときおり軌道を失ったようにふらついてしまう。ひどく心細くなって暗靡手《くらびて》に力を込めるが、手応えのないままに結びつきがゆるゆるとほどけだした。

どうして強く抱きとめてくれないの、このままじゃ離れてしまう、と叫びを上げるが、親星は、独り回りするときが来たのだ、というようなことを静かに囁い、旺星は愕然《がくぜん》とする。

きっと聞き間違えたんだ、囁波《ことば》をしっかりと学んでおかなかったせいだ、と悔やみながら懸命にしがみつこうとするが、親星との間はみるみる広がっていく——いや、自分の子を視捨《みす》てるわけがない、ちょっと軌道が大きくなっただけだよ、と旺星は自らに言い聞かせながらも離れていく——

すでに親星の影から出て、祖令陽の容赦ない燦射焔《さんしゃえん》に炙られだしていた。

いや、いやだ……やめてよ、やめて……。

滞気が熱せられ、體内の奥深くまで燦射焔にまさぐられる感覚に耐えるうちに、旺星は自分が祖令陽に向かって流されていることに気づいて、心細さと恐怖のあまり泣き叫びはじめる。

騒がしいやつだ、というような苦笑があちこちから聞こえる。

闇苦悶《やみくも》に暗靡手《くらびて》を広げるが、なんの助けにもならずに惑星集落を縦断していく。

親星より大きな青灰色の惑星が迫ってきたが、向こうは気づいていないのか避ける気がないのか、暢気《のんき》な歌声らしきものを発している。もしぶつかれば旺星《おうせい》はひとたまりもない。焦って暗靡手で自らを包む。ぎりぎりのところでかすめながら――一瞬、旺星とその惑星との間に擦發光《すぱーく》が走る――通り過ぎていく。

強張《こわば》っていた全身を緩めかけたが、とめどなく巨大さを増していく祖令陽《それいよう》の威容に圧倒され、また身を凝《こご》らせた。

親星の三倍ほどもある――いや、六倍――十二倍――

だめだ……もうだめだ……。

激烈な燦射焰《さんしやえん》に視聴触《しちようしよく》のすべてを弄され、旺星はしばらく訳が判らなくなる。

我に返ると、進行方向には、あらゆる色彩を溶かし込んだ白熱しか視《み》えなくなっていた。なにもかもが灼熱で揺らいでいる。

その真っ白な世界に落ちて跡形もなく溶け消えてしまうことを覚悟し、旺星は身構えた――

けれど、いっこうに最期の瞬間は訪れない。

どうやら燦々と照りつける広大な陽原と、並行して進み続けているらしい。まるで時間が停止しているかのように、どこまで行っても祖令陽《それいよう》との距離が変わることはなかった。

さらに旺星は悟った。

旺星《おうせい》は、自分が祖令陽のまわりを巡りだしたことを悟った。暗靡手《くらびて》の力を感じなかったのは、もとよりその中にいたからかもしれない。

祖令陽と対等であったはずの親星もまた、祖令陽のまわりを巡っていたにすぎなかったということを。あらゆる惑星が例外なく巡っているということを。この巨大な禍々しい存在に従属させられているということを。

祖令陽がすべての中心であったという絶望と憎悪、親星への幻滅、視捨《みす》てられた悲しみが、旺星の全身に豪涙《ごうるい》を降らせはじめた。

降り注ぐ無数の涙に、熱く滾っていた摩具吾《まぐあ》の表面がもうもうと水煙を上げ、滞気を曇らせていく。そのおかげで祖令陽から視線を逸《そ》らすことができた。

摩具吾の表面のところどころが冷えて瘡蓋《かさぶた》になったが、内部の激しい動きや噴出で大きく罅割《ひびわ》れて砕けていき、また冷えて残骸ごと固まったところで大きく罅割れ——そのたびに旺星は鋭い痛みを覚える——體皮《たいひ》は祖令陽の巨體を幾度となく巡るうちに硬くなっていった。自らを拘束するようなその窮屈な違和感に、とうとう旺星は泣き止《や》む。

まだ涙蒸気《るいじょうき》でけぶっている滞気が、祖令陽《それいよう》の燦射焔《さんしゃえん》でぼんやりと輝いていた。體内《たいない》に幾筋もの涙の流れ道が伸びていく。體《からだ》の中心部に怨房《おんぼう》という器官が生じ、かつて全身をなしていた摩具吾《まぐあ》をそこに包み込む。

體皮がむず痒《がゆ》くなってきて、湿気のせいだろうかと思っていると、全面から夥《おびただ》しい数の體毛が生えて盛んに背を伸ばしだした。それらは延多《えだ》分かれして葉を茂らせ、これまで責め苦としか感じられなかった燦射焔に共鳴し、吐息の輪唱をはじめる、と同時に、濁った滞気を吸い込みだした。そのとめどない循環によって滞気が組成を変えながら厚みを増していき、意識がひとまわり拡張されたように冴え冴《さざ》えとした。

これが呼吸なのだ、と旺星《おうせい》は驚きに打たれる。これまでは體内に溜まる瓦斯《ガス》を押し出していたにすぎなかったのだ。

祖令陽が闇の駆逐者であり、我々の庇護者であるという話を思い出し、親星の姿を探す。ちょうど別の惑星と重なって隠れかけていたが、安堵の表情が窺《うかが》えた。ずっと視守《みまも》ってくれていたのだ。

近くの軌道を巡っているのは、旺星と同じような、まだ體皮に包まれたばかりの若星が多いようだった。祖令陽から離れるに従って齢《とし》が上がっていくが、あるところから急に数が減り、大きさも體つきも極端になる――中には互いの體をめり込ませている者もいた——旺星《おうせい》の親星が巡っているのもそのあたりだ。さらに遠くなると、輪郭のぼやけた老惑星が多くなる。ほとんど塵や瓦斯《ガス》に変わってしまった者もいた。新星児の頃に吸っていたのは、老惑星たちの體《からだ》だったのかもしれないと思い返す。體毛《たいもう》が繁茂して滞気の上層にためらいや驚きといった様々な感情が雲に象《かたど》られていくにつれ、かつて恐怖を覚えたのが嘘《うそ》のように、燦射焔《さんしゃえん》は穏やかで心地よいものになった。影側《せなか》が待ち遠しさを覚えるほどに。

旺星は自らの意識の同一性を疑って怖くなったが、以前は滞気という器官を持ち合わせていなかったせいかもしれないと自分を納得させた。暴力的で支離滅裂な渾沌としか捉えられなかった燦射焔を、滞気は様々な相に選《よ》り分けてくれる。熱、無数の光の色、聶波《ことば》、歌——

そう、祖令陽《それいよう》はいつも集落の者たちに向かって、複数の歌を歌い続けていた。優雅なものもあれば、激しいものもあり、まったく意味の判らない数を連ねたものもあった。

旺星は祖令陽に畏敬の念を抱いて軌道を游《ゆ》くようになった。思えば祖令陽は、旺星の過去の恥ずべき振る舞いにも、容易《たやす》く変えた態度にも、気分を害した様子ひとつ視《み》せなかった。かつては従わせられることに激しい反発を覚えたものだが、その軌道の円周は、まっすぐ進んでいると錯覚するほどに長く、自由に動いているとさえ感じられた。

集落の惑星たちは、流れ続ける外宇宙を背景に、大きく回り込みながら遠ざかっていったり、祖令陽《それいよう》や他の惑星の陰に隠れたり、みるみる迫ってきて追い越していったりする。

もはや従属させられているとは感じなかったが、それでも、祖令陽の暗靡手《くらびて》の届かないところを動き回ったり、遠くからこの集落の全容を眺めてみたかったし、外宇宙の星々にも思いを馳《は》せずにはいられなかった。

周辺の軌道では、何十という同世代の若星たちが、互いの出方を窺いつつ、ぽつぽつと言波《ことば》を交わすようになっていた。

青と白の帯模様に覆われた皮肉屋の矚星《ちょうせい》、星伸《せいの》びして無理に譶波《こことば》で話そうとする斑《まだら》模様の扈星《こせい》、優雅な赫《あか》い縞《しま》模様で装った寡黙な緋星《ひせい》、高い熱を輻射《ふくしゃ》して魘《うな》されるように話す黎星《れいせい》、體毛《たいもう》の多い冗談好きな丰星《ほうせい》、輪飾りをまとう涙海《るいかい》に覆われた泣き星の滉星《こうせい》、ぶ厚い雲に包まれていつも擦發光《すぱーく》している霆星《ていせい》、気象が激しく體《からだ》じゅうに大きな渦を抱える颶星《ぐせい》、滞気に恵まれず穴痕《あばた》だらけの體皮を剝《む》き出しにしている莍星《きゅうせい》——

主な話題は、成長に伴う體の変化や、自分では判らない丸貌《がんぼう》についてだった。誰もが輪飾りを羨んだが、当の滉星は煩わしいと嘆いていた。幾つかの惑星は、矚星や緋星の優美な雲の形を真似《まね》ようとするも、集中力が続かずじきに元通りになった。

旺星《おうせい》は、集落全体を遠くから視《み》てみたくないかと皆に訊いてまわったが、特に興味を示した者はいなかった。嘲るような霆星の擦發光が滞気に染みた。

全身に湧いてくるようになった不快な蟲《むし》たちのこともよく話題に上った。これらを悪《あ》しきものと捉える者もいれば、自分から派生した属性のひとつなのだから慈しむべきだと考える者もいた。地肌を肥沃にしてよい毛皮をまとうためには欠かせない存在だとみなす者もいた。旺星《おうせい》には特に意見はなかったが、ときおりむず痒さに耐えきれず、全身を震わせて蟲落としをしてしまう、と話した。わたしも、と緋星《ひせい》が言った。

皆との無邪気な星間《せいけん》話は楽しかったが、何千周と祖令陽《それいよう》のまわりを巡っている間にそれぞれが轟《ここと》波《ば》を操れるようになると、表面上のやりとりとは別に、個々の惑星どうしにしか聞こえない瞑諾辞《めいせじ》が行き交うようになり、惑星関係の悩ましさが増していった。滉星《こうせい》と颶星《ぐせい》は、まわりの居心地が悪くなるほど仲が良かったが、莍星《きゆうせい》は刺々《とげとげ》しい轟《ここと》波《ば》を投げつけるせいで避けられ続けていたし、最初は緋星や矚星《ちようせい》と楽しげに話していた霆星《ていせい》は、なにがあったのか誰彼かまわず禍《か》みつくようになった――旺星も霆星に影を作っただけで、擦發光《すぱーく》で睨みつけられたことがある。

惑星たちは気づいていなかったが、そういった関係性の変化の背後には、房内の摩具《まぐ》吾《あ》が活発になりつつあることも影響していた。

なにかがおかしい、とは旺星も思っていた。燦射焰《さんしやえん》は分け隔てなく惑星たちを照らすはずなのに、このところ緋星だけがやけにくっきりと際立って感じられ、幾千もの吐息を操って織り上げているという優雅な縞模様から視線を離せなくなっていたからだ。緋星が近づいてくるたびに雲の渦を巻くようになり、自分はどうしてしまったのかと思っていると、そんなことくらいで気を引こうとしてもだめさ、と外隣《そとどな》りを巡る丰星《ほうせい》に言《い》われ、自分が緋星《ひせい》に惹《ひ》かれていることに気づかされた。

丰星はというと、緋星が接近するなり、両の極部から緑や紫の光冠を立ち上げて激しく波打たせた。他にも緋星に思いを伝えている惑星たちがいたが、緋星の方は気づいていない振りをしているのか視界に入ってすらいないのか無反応だ。丰星くらいあからさまに伝えても顧みられないのだから、落ち込むことはない、と旺星《おうせい》は自分を慰める。

あるとき小惑星らしき群が集落の外から飛来したが、祖令陽《それいよう》の騒々しい歌のひとつが次々と破壊していった。そのための歌だったのかと驚いていると、弾《はじ》け割れた欠片《かけら》が霆《てい》星《せい》にまともに激突した。そのとき飛散した破片の幾つかが旺星にもぶつかり、涙海に大きな水柱を上げる。威力のほどを知って霆星を案じたが、滞気がけぶって何も視《み》えない。

その間も祖令陽の暗靡手《くらびて》の、いつもとは異なる強い揺動だけは感じられた。

しばらくして視通しがよくなると、自分の體《からだ》がいつもの軌道から逸れかけて、暗靡手に引き戻されているところだと知った。

だが霆星はどこだ。

旺星は放射状に視線を伸ばしたが、どこにも視当たらない。近くにいた丰星が束ねた視線で差し示す。

外縁部を巡る老いた惑星たちの集まりの向こうに、誰よりも小さくなった霆星《ていせい》の姿が視《み》えた。祖令陽《それいよう》の広範囲にわたる暗靡手《くらびて》では、他の惑星を巻き込まずに連れ戻すことは困難だったのだろう。

霆星がこれからひとりで感じることになる外宇宙の深い闇と孤独を想像しながら、その姿がときおり擦發光《すぱーく》を放ちつつどこまでも小さくなっていくのを視守《みまも》っていた。宇宙に溶け消えてしまった後も、旺星《おうせい》は視線を離すことができなかった。

若星たちは、霆星が通っていた軌道を狭めつつ、いつもより長い距離を周回するようになり、祖令陽の近縁になにもない空間が開きだした。

旺星が新たな軌道にまだ慣れないまま進んでいると、泣き叫ぶ声が聞こえてきた。既婚惑星たちの軌道のあたりから、小さな嬰星《えいせい》たちが飛来してくる。若星たちの軌道を横断して——その體《からだ》つきからは想像もつかない騒がしさに旺星は苦笑する——祖令陽の近縁を振り回されるように巡りはじめる。こちらが軌道を一周する間に何周もぐるぐると巡る姿が微笑《ほほえ》ましい。

どこからか啜《すす》り泣きの声が聞こえ、また嬰星だろうかと視わたすと、祖令陽を挟んだ向かい側あたりで滉星《こうせい》と颶星《ぐせい》が互いの丸貌《がんぼう》を半ばまでうずめ合っていた。

祖令陽の祝福の歌があたりに響き渡りだす。

その最中に滉星《こうせい》の輪飾りがばらけ、集落じゅうに散らばった。旺星《おうせい》の暗磨手《くらびて》にも小さな岩塊が幾つかひっかかって周回しはじめる。

滉星と颶星《ぐせい》が溶け合ってひとつの球體《きゅうたい》になるのを眺めていると、怨房がうずきだした。摩具吾《まぐあ》が激しく滾っている。

緋星《ひせい》が近づきつつあった。

旺星は初めての瞑諾辞《めいせじ》を緋星に放って――緊張のあまり體皮が罅割れる――思いを伝えた。

緋星はゆっくりと回転して美しい縞模様を綾《あや》なしつつ、その輪郭さながらのなめらかな弧を描いて遠ざかっていってしまった。

いまのはつい出てしまった独り言《ごと》なのだし、緋星の無表情は自分だけに向けられたものじゃない、と自分に言《い》い聞かせていると、極光を踊らせていた丰星《ほうせい》が滞気をゆるゆると震わせ、つれないよな、と同意を求めてきた。

一緒にするなよ、と返そうとしたところで刺すような痛みに襲われ、言波《ことば》を詰まらせる。怨房が痙攣し、摩具吾の上澄みが體内を網の目状に貫く涙道《るいどう》を逆流しているのだ。上澄みはいたるところから滲《にじ》みだしてきて體毛を溶かしていく。あれほど強固だった體皮までもがぬかるみだした。

旺星にもこれが結婚のための準備だということくらいは判っていた。融合の可能な期間は限られている。それなのに、結婚する者どうしに生じるという強力な惹《じやくりよく》力を、まだ片燐《へんりん》すら感じたことがないのだ。

祖令陽《それいよう》の向こうにまわり込んだ緋星《ひせい》が燦射焰《さんしやえん》の輝きから再び現れると、旺星《おうせい》はさらに強めた瞑諾辞《めいせじ》を送った。

緋星は素通りしていく。

ふと丰星《ほうせい》を視《み》ると、黎星《れいせい》に向かって極光を踊らせていた。

次に緋星が近づいたときも、次に近づいたときも、旺星は瞑諾辞を送り続けては、存在しないかのごとく通り過ぎられた。

すぐ近くで、矚星《ちようせい》と灑星《さいせい》と扈星《こせい》がひとつになろうとしていた。それでなくても惑星の数が少ないというのに、三つ星で結婚するだなんて。祝福の歌が響き渡りだす。

皆が自分の知らないうちに深い惑星関係を育んでいたことに愕然としていると、緋星の軌道がわずかに逸れているのに気づいた。

もしや——

進行方向を予測するに、これから自分が進むあたりと交わる。

怨房が張り詰めた。確かに惹力らしき、これまで経験したことのない力が働いているのを感じる。ぬかるんだ體皮《たいひ》が大きく波打ちはじめた。

體内の房は惑星ごとに種類が異なり、その組み合わせによって新星児の星質《せいしつ》が大きく変わるという。緋星《ひせい》が持つのはどの房だろう。怒房だろうか、繁房だろうか――そんなことを頭に巡らせているうちに緋星がこれまでにないほど近くに迫ってきて、緋や朱や丹《に》の縞が揺らめく細部の視事《みごと》さに息を呑《の》む。

全身を膨縮させていると、馥郁《ふくいく》とした雲を吸い込めそうなほどに接近し、かすめながら、いつものようになんの表情も浮かべずに素通りしていく。

旺星《おうせい》は呆然《ぼうぜん》として、すこしずつ離れていく緋色の丸貌《がんぼう》をただただ視つめ続ける。緋星が向かっているのは、誰にも顧みられなくなっていた荻星《きゆうせい》だった。その穴痕《あばた》だらけの體《からだ》に緋星がめりこんでいき、鮮やかな縞模様が優美にほぐれていく。

しばらく意識に空白が生じた。

我に返っても、なぜか惹力はまだ働き続けている気がした。もともとすべてが錯覚なのかもしれなかった。

旺星は親星の視線を感じた。すこし前から瓦斯《ガス》と塵にぼやけはじめており、もうなにも話せなくなっていたが、こちらを視守ってくれているのは判った。落胆させたのではと思ったが、親星はなぜかすべてを視届けた後のような穏やかな表情をしている。そのおかげで、旺星は幾らか気が楽になった。

とはいえ體皮《たいひ》はぐずぐずに崩れて全身がうずき続けているし、惹力の錯覚も続いている。朦朧《もうろう》としながら、結婚して間もない惑星たちの間を周回していたはずが、いつしか軌道から逸れており、旺星《おうせい》は驚きつつも訝《いぶか》しむ。進行方向には相手となるような惑星はいないのだ。虚無と結ばれるのも悪くないかもしれない、などと思っていると、ずっと上方でなにかが煌《きら》めいた。

擦發光《すばーく》が、丸い輪郭に瞬く――

まさか……。

旺星は視覚を強める。暗い惑星の姿が、祖令陽《それいよう》の擁する軌道平面とはありえない方向から近づいてくる。立て続けに擦發光が走り、分厚い雲に覆われた睨みつけるような丸貌《がんぼう》が照らされ、旺星は惹力の相手が実在することを知った。

霆星《ていせい》……。

強い安堵に、自分でも驚くほど無事を願っていたことに気づかされる。

けれどどうして、と疑問を覚える。結婚というのは、惑星関係を深く育んだ者どうしが辿《たど》り着く境地ではなかったのか。すべては祖令陽の御意志で予《あらかじ》め定められていたのだろうか、それともこれもまた錯覚にすぎず、霆星は通り過ぎてしまうのだろうか。

燦射焔《さんしゃえん》のゆらめきから、すべては予め定められている――すべてはおまえたちが選び取ったこと――という声が同時に聞こえてくる。

旺星と霆星は向きあったまま接近していく。

無事だったことへの安堵と喜びを旺星が伝えると、霆星からも囂波《こことば》が返ってきた。長い間独りきりでいたせいか聞き取りにくい話し方だったが、祖令陽《それいよう》の暗縻手《くらびて》は彼方《かなた》にまで届いており途方もなく大きな軌道を辿り続けていた、というようなことを囂《い》っているのだと判った。わたしが消えてしまったあとも、あなたが視送《みおく》り続けてくれていたことは知っている、とも。

ふたりが囂波《こことば》を交わしたのはこのときが初めてだった。

霆星《ていせい》から、囂波に載せてひとつの意瞑図《いめいず》が送られてきて、旺星《おうせい》の體《からだ》は震えた。それはずっと以前から視たいと願ってきた集落の全容だった——祖令陽を中心に、旺星を含む惑星たちが螺旋《らせん》を描きながら宇宙を進み続けている。どの惑星も、いや祖令陽ですら、それぞれが部分として複雑精緻に連携し、ひとつの大きな意識を担っているように視えた。

旺星もお返しに、これまで集落で起きたあれこれを思い出しては伝えた。霆星は彼方で遭遇した氷の岩の群や、青く仄光《ほのひか》る瓦斯《ガス》の海を視せてくれた。緋星《ひせい》に惹かれていたことや、結婚相手が自分だと錯覚してしまったことまで旺星が告白すると、霆星は微笑み、わたしも憧れていたのだというようなことを囂った。そうやって、ふたりはぶつかり合うまでのわずかな時間の間に、夥しい数の記憶や気持ちを往還させた。

大きな衝撃がふたつの惑星を震わせた。霆星の擦發光《すぱーく》が旺星の全身を跳ね回り、鋭い痛みに声が上がる。ぬかるんだ體皮《たいひ》が大きく波打って全身がひしゃげる。霆星の凍りついた體《からだ》の冷たさに旺星《おうせい》は絶句する。それは長い間の孤独そのものに感じられた。互いの體がめり込みはじめて陶然とするが、しばらくすると、どちらも自己が失われる不安から元に戻ろうとして抗《あらが》いだし、すべてが停止したようになった。その間にも旺星の體熱《たいねつ》は霆星《ていせい》に流れ込み続ける。

いつしか祖令陽《それいよう》の祝福の歌が聞こえはじめ、その波調によって互いの頑《かたく》な領域がほぐされていった。ふたつの體が激しくたゆたいながら、吸い付き合うようにして融合していき、境目がしだいに失われていく。内部では心経《しんけい》が絡み合い、怒房と怨房が癒着して怨怒房《おんどぼう》をなし、摩具吾《まぐあ》がぐるりぐるりと渦を巻きはじめる。

ついに霆旺星《ていおうせい》というひとつの既婚惑星になると、祖令陽を巡りながら怨怒房で新星児たちを育み、やがて極点から産み放った。

一度に三つの新星児が宙に漂い、まだ自らが何処《どこ》にいるのかも判らないままに親星のまわりを周回して宇舞声《うぶごえ》を響き渡らせる。

霆旺星の親星はすでにどちらも瓦斯《ガス》と塵に変わっており、それらを複雑な心境で手繰《たぐ》り寄せて嬰星《えいせい》たちに与える。他の既婚惑星たちも、我が子にすこしでも多く糧を与えんと、暗縻手《くらびて》をせわしなく動かしている。

嬰星たちは祖令陽に怯え、いつも逃げるようにして霆旺星の陰に隠れる。けれど、祖令陽にはかつて旺星や霆星が幼い頃に恐れたときほどの輝きはなかった。

子供たちが離れ、独り回りで大きく育っていくに従って、燦射焰《さんしゃえん》は翳《かげ》っていき、暗麋《くらび》手《て》の範囲も狭まり、惑星たちは狭い軌道をひどく窮屈な状態で巡らねばならなくなった。時は過ぎ、意識も體《からだ》もぼんやりとかすれつつあった老いた霆旺星《ていおうせい》が、子供たちの行く末を案じつつ最後に捉えたのは、緋色の瓦斯體《ガスたい》となって膨張する緋莱星《ひきゅうせい》の姿だった。朦朧としながらも、そこに向かって集落の全容の意瞑図《いめいず》を託す。

霆旺星の孫にあたる惑星が嬰星《えいせい》を抱擁する頃には、祖令陽《それいよう》は虚《うつ》ろな白い影に変わり果てて、恐れられることもなくなった。

日没の到来を察した惑星たちは、嬰星たちを強く抱きしめる。

薄明の中で暗麋手の力がかすれていき、惑星たちは軌道を失いだした。ぶつかりそうになるのを斥力で弾いたり、惑星どうしで互いを振り回したり、時には激突して砕けたりと、集落は未曽有の混乱状態に陥った。

やがて、これまで祖令陽が堰《せ》き止めてきた夜に、すべてが呑まれる。

右往左往するなかで、誰もがとうに死星だとみなしてきた老いた緋莱星が、祖令陽の亡《な》き骸《がら》を黙々と啜《すす》ってどこまでも膨張しながら、周囲に球状の暗麋手をゆるゆると広げていった。惑星たちはしだいに引っ張られていき、巨大な存在に掻《か》き回されるようにしてそのまわりを巡りはじめる。その勢いに振り切られないよう、暗麋手どうしをしっかりと絡みつかせて。

そして突然、緋茱星《ひきゆうせい》の各所に閃光《せんこう》が瞬いたと思うと、続々と爆発を繰り返しながら途轍《とてつ》もなく巨大な焰《ほのお》の球體《きゆうたい》となった。そのあまりの眩《まぶ》しさに、惑星たちは滞気を雲で覆い尽くす。冷えきっていた體《からだ》が温められ、枯れた體毛が息を吹き返していく。新たな祖令陽《それいよう》は先代よりも随分と寡黙だった。これよりしばらくは静かな時代が続くことになる。

集落が平穏を取り戻すと、惑星たちはあの狂騒的な混乱状態を懐かしみながら、大きくなりすぎた嬰星《えいせい》を惜しみつつ手放す。

多元宇宙を貫く一筋の果てしない航路の先頭空間に、泣き叫ぶ新星児の声が響き渡った。

アンテュルディエン？

雪舟えま

雪舟　えま

ゆきふね・えま

1974年札幌市生まれ。作家・歌人。著書に歌集『たんぽるぽる』『はーはー姫が彼女の王子たちに出逢うまで』、小説『バージンパンケーキ国分寺』『幸せになりやがれ』『恋シタイヨウ系』『パラダイスィー8』『緑と楯　ハイスクール・デイズ』、現代語訳書『ＢＬ古典セレクション①　竹取物語　伊勢物語』など。

予備校のビルのエントランスを出ると、十二月の夜はつーんと寒くて、りんごの匂いがした。そう感じるともう脳内では、反射のように彼に報告口調で話しかけてしまう。

（荻原《おぎはら》、いま夜の空気がりんごの匂いだ）

立ちどまって匂いをもっと感じようと息をするおれの背後から、生徒たちがどんどん出てくる。騒がしくなると素敵な香りも消えてしまいそうで、おれはバイクをとめてある駐車場へと早足で向かった。ちらりと夜空を見あげると白い月が出ていた。

（そういえば月ってりんごの果肉の色みたいだよな）また彼に話しかける口調で考える。

（低い月はオレンジ色のこともある）と、脳内の彼が答える。

（りんごだのオレンジだの。腹減ってんじゃねえ？）と、おれはみぞおちあたりに胃の動く感じをおぼえながら。

するとと想像のなかの彼が笑顔でいう。（おつかれさん。きょうはなに食べる？）

バイクにまたがり冷えたシートに尻をおろす。おれときたらもはや、思考のしかたそのものが奴《やつ》との対話形式になってしまっているな。

　これまでなにを感じても想《おも》っても、それは自分ひとりだけのものだった。しかしいまは日々の小さな発見や感動をわかちあいたい相手がいる。

　この秋までは、学校帰りにファミリーレストランで食事をし、予備校でふたこまか三こまの授業を受け、またおなじ店かファストフード店で夜食をとって帰るのが常だった。ゆき先はスポーツジムだったり買いものだったりすることもあるが——いつだってひとり、ひとり、ひとり。そりゃもう長いながい小学生のころからの習慣だ。しかしいまは、すこし迷ってから、予備校帰りにはほぼかならず彼——未来浅草高校三年一組の同級生、荻原楯《たて》の家に向かってしまう。

　こんなふうに具体てきなだれかを求める気持ちははじめてで、加減がわからない。しつこいと思われている？　迷惑がられている？　どこまでなら許容範囲？　どう思ってんのよおれのこと。彼の態度からそれを読み取ろうとするも、なにを考えているかわからない人間なのだ荻原は。彼によると、おれのほうはそうとうわかりやすいらしいのに。

　バイクのシートが体温で温まってきた。

「どうする」

　自問する息が白い。時間は二十二時四十三分。

　いまから走って二十三時まえには着く。

　こんやはそんなに長居しないように——日付が変わらないように気をつけて——いや、五分でもいいから会えたら。

　ヘルメットをかぶろうとした瞬間、またさっきのりんごの香りが鼻先をよぎった。そうだ、この感じを伝えるだけでいい、いこう。

　会うと決めたら胸に熱い血がめぐりだすようで、彼の顔が見たいという気持ちだけで生きている生物に変貌した心地がした。いまや意志の硬度はサファイアのごとし。数分でも迷ったことがおろかに思え、おれがこれから彼に会うことはこの宇宙開闢《かいびゃく》いらい決定していたことなんだぜという気すらする。このいきなりの強気は、われながらなんなんだ。エンジンを起動する。

「どっちみちいくんなら迷う時間がむだじゃねえか。はやくいけよ」

　おれは自分に鞭打《むちう》つようにつぶやき、駐車場から路上へとバイクで滑り出た。

　師走が近づく未来浅草の街はにぎやかで、クリスマスのライトアップにまぎれておせち料理や福袋の予約受付中といった正月の気配が顔をのぞかせていた。交差点に面した商業ビルのポーチには、近く封切りになる海外映画の予告ホログラムが流れている。片目が黄色、もう片ほうの目がブルーなオッドアイの俳優が、フルフェイスヘルメットのなかのおれに向かって親密そうなウインクをした。二〇五五年のクリスマスや年越しをおれはいったいどこでだれとすごすのだろう、という思いが一瞬よぎったが、とりあえずは荻原家に向かういまからの数分間に集中すべしと頭を切り替えた。

住宅街に入り、「荻原林業」という看板のかかったガレージにバイクをとめさせてもらう。となりの古い木造家屋が彼の家だ。玄関の引き戸のすりガラスには室内の明かりが透けている。暖かなオレンジ色の光。ここにくるときはいつも、一秒だってはやく彼に会いたいのに、立ちどまってその明かりに見とれてしまう。

表札のしたのベルを押すとガラスの向こうに小柄な人影がゆれる。荻原のおばさんだ。

「はーい、こんばんは」

おばさんは眼鏡をかけていて、ボーダーのセーターにジーパン、髪は一本のみつあみにして胸にたらしていた。いつもカジュアルな服装なのもあって遠目には母さんというより女の子って感じに見える。

「夜分にすみません。彼いますか」

ずり落ちた感じがした眼鏡を指でもちあげるおれ。

荻原は親戚が経営している会社で週に何度かバイトしている。彼の帰りはおれの塾の三こま授業の日とおなじか、それよりおそいこともあった。

「うんいるよ。ちょっと待ってね」

といって、おばさんが玄関の奥の階段に向かって荻原を呼んでから、数秒ののち、二階でドアが開閉する音がした。よかった。彼がいた。おれはほあっと息をつき、自分が呼吸をとめていたことに気づく。

　おばさんと入れ替わりに現れた彼は、ミルクティー色のスウェット上下のうえになんともいえず老人くさい佃煮色《つくだにいろ》の半纏《はんてん》を着ていた。これが彼の部屋着というか見なれたかっこうだ。

「寝てた？」と、まずそれを確認するおれ。

「寝てた、ような、そうでもない、ような」と、ぶつぶつと彼はいい、サンダルに足をつっかけておれの前に立った。

「寝てたな。寝ぼけてんだろ」と、おれ。

「あるいは」と、彼。

　身長がおれとおなじ一六八センチな荻原の瞳が、おれの目の真正面にある。それは外灯の弱い光のしたで、どこか別の星の夜空のようなふしぎな色に見える。

　未来浅草高校創立いらいの（おれにいわせりゃ神武《じんむ》このかたの）美形と評される彼である。おれの手や指をつねに誘ってやまないゆるいくせのある髪。眠そうなときには半《はん》跏思惟像《かしいぞう》めいていて、目があえばそこから特別な時間が始まってしまう、地球外成分を帯びた隕石《いんせき》のような磁力のある双眸《そうぼう》。白馬の首すじを想わせる優美な鼻梁《びりょう》、なにかいいことあったの？　とききたくなるようないつもうれしそうな口もと。

「兼古《かねこ》、きょうは塾？」と、彼はまた、おれの心を溶かしてやまない——そのエレエレした声でいった。

「そう」

「おつかれ」

エレエレってなんだよという感じだが、そうとしか表現が見あたらない。それは一般てきにいわれる美声ともすこしちがう。耳の奥底を小さな爪を出した子猫の手で触れられるような、なんともいえず甘く引っかかる、中毒性の高い蠱惑《こわく》てきな声なのだ――荻原、おれは十八年生きていてはじめて蠱惑てきだなんて言葉を使ったぞ。おまえをすきになってから、はじめての感情や感覚が毎日起こりつづけて、気持ちよさもあるが総じて苦しい。

「さむ」と、彼はつぶやき、引き戸の奥に入っていく。おれをふり向いていう。

「入んないの？」

「だって」

「なに？」

「ちょっときて」

ふたたび彼が玄関のそとに出る。

おれはいう。

「夜の空気がさ、りんごの匂いするの気づいてた？」

「え？」

「寒くて、なんか、りんごの箱あけたときみたいな感じが、ぱあって」

荻原は空気のなかへ鼻をきかせる顔つきになり、美しい横顔をこちらに向けた。

「わかるかも」と、彼は小さくいい、「朝にそんな匂いがしたことはあった」とつけたした。

「さっき塾のビルの前でそんなことに気づいて。それだけいいにきたんだ。きょうは」

おれがそういうと、彼はぱちっと大きく目をしばたたかせた。

「なによ」と、おれ。

「それだけいいにきたなんて、めずらしいことというから目が覚めた」と、彼。

「いちおう迷ってるわけ。これでも」

「なにを」

「ここにくるのを」

「どうして」

「非常識って思われてんじゃねえかって。おまえんちの人たちに。週に何度も、日付が変わるまで部屋にいるのとかさ」

「はあ」

荻原は半纏の両袖の筒に手をつっこんで腕組みをする。

「おれがくると、おばさんかならずご飯作ってくれちゃうし。毎回だともうしわけなく感じるよ」

なにかを思い出したように彼は笑って、「たしかに兼古のことは、通い婚もどきってからかわれた」

「!? い、いまなんていった。なにもどき?」

「コハンミョウモドキ」

「んなこといってねえだろ」

「聞こえてんじゃんか」

もういちどその口から聞きたいんだよ、わからねえかと詰めよりたいのをこらえる。通い婚。たわむれにもそんな言葉を使うなんておまえは、おまえの家の人らは、どこまで気づいてるんだ? おれをさいきん仲よくなった新しい友だちくらいに思ってるのか、それともこの恋心を知っているのか。

だいたいおれが毎度こんなに切なくいくかいくまいか悩むのはだな、学校であの低レベルな悪友どもに取り囲まれてろくに話もできねえ状態のおまえのせいじゃねえか。特別な、だれよりも特別でだれよりもおまえのことを想っているこのおれ、兼古緑《みどり》と、卒業までののこりすくない時間をできるだけ長くいっしょにすごすべきじゃあねえの?

荻原はいう。

「この時間にそとで遊ばれるより、家にいてくれたほうが安心って思うみたいだけど。それに……」

といって彼は家のなかをふり向き、「もうなんか作り始めてるみたい。台所で音がする」

「えっ」

「料理とか、お茶やらお菓子出したりするのすきっていってるから、気にしなくていいんだよ。剣《けん》の友だちにもそうしてるし」

剣というのは荻原の中三の弟だ。彼はふたり兄弟の長男である。

「どうする？」

と、首をかしげて彼はいう。

こいつに家の前で「どうする？」っていわれて、引きかえせる人間なんぞこの世に存在するのか？

「じゃあ、すこしだけ……」

うれしさと照れくささのあまりに顔面がスープとその具になってしまったようで、うつむきぎみに敷居をまたいでゆくおれだった。

未来浅草高校三年一組の教室に入ると、教室の窓側後方あたりに紺色の壁がごとき人だかり（制服のブレザーが紺色なので）ができているのが、まっさきに目に入る。なんだおめえら毎日毎日、奴の矢盾かなんかかよ、と内心吐き捨てながらも、居ならぶ背中のすきまからその中心に荻原がいるのを確認してほっとする。

彼を取りまくいつもの顔ぶれは男女あわせて六名ほどいて、こいつらがしじゅうべったりなせいで、学校ではおれが彼とふたりで話せるチャンスはめったにめぐってこない。しかし彼の家にいった翌朝のおれは、ゆうべは彼とふたりきりですごしたんだぜという優越感で気分にいささかゆとりがある。

昨夜は彼の部屋で、小さな折りたたみテーブルに差し向かいで五目おにぎりとみそ汁を食べた。それは五臓六腑《ごぞうろっぷ》を熱く満たし、ふたたび寒夜へと出てゆくおれを励ましてくれるものだった。

あの五目おにぎりのうまかったことといったら。

もっちりと炊けたすべての米つぶにいきわたる、野菜やきのこの風味とだし。絶妙にちょうどいい——もう「ちょうどいい」としかいえないしょうゆ味に悶絶《もんぜつ》しながら、「しみる」とだけ言葉にすることができた。荻原もおれの向かいで笑いながら、にぎり飯をほおばって「しみるな」といった。

荻原家の味が好みだ。家のなかの匂いもすきだし、彼自身の匂いなんかはもうたまらなく好ましい——彼が部屋にいない時間に、壁にかかっているブレザーの匂いをかぎまくったことがあるのだ——顔がすきとか手指の形がすきとか、声がすきとか惚《ほ》れパーツにはいろいろあるが、体臭がすきってのは遺伝子レベルで相性がいいってことらしい。

おれたちはもう、結ばれるしかないんじゃないのか。

そんな言葉が軟口蓋《なんこうがい》までせりあがってきているのをこらえつつ、おれにつきあって軽く食事する彼をねっとりと見つめる、昨夜はそんな四十分ほどの逢瀬《おうせ》だった。

「うちさあ、タッティーのチャーハンひと口くれない問題のさあ、解決法考えたよ」

荻原の机に座っている女子のいうのがおれの耳に届いた。タッティーというのは荻原にあまたあるあだ名のひとつだ。

彼女は得意げにいう。「大盛りを頼めばいいんだよ～！」

ハハハ、それそれ、と笑って肯《うべな》う連中。彼らの会話をおれなりに総合したところによると、荻原をふくめた七名で彼らはよく遊んでいるのだが、食事のさいに女子どもが彼の食べているものを「ひと口ちょうだい」とねだっても、近ごろの荻原はくれないらしいのだ。その理由が、以前は鷹揚《おうよう》に「いいよ、いいよ」と食べられるままにしていたら男たちにもつまみ食いされ、自分のぶんがなくなってしまったからだという。

「せっかくみんなで食べるんだからさー、いろんなの注文してシェアしたいじゃーん、それが楽しいのに」

「タッティーもあたしたちのどんどん食べていいんだよ」

ぬあにが、ぬああああにが「チャーハンひと口くれない問題」だ、可愛《かわい》いひな鳥かなんかのつもりかこのそろいもそろって大馬鹿どもが、荻原が迷惑がってんのがわからねえのか、奴は優しいから、自分のことを好きではしゃいでるおまえらをむげにできずにいるだけなんだよ。

脳内で思いきり彼らを非難して——それがそのままブーメランとなる言葉であることに、打ちのめされる。

おれのしていることだってあの六人組と大差ないレベルだ。あいつらが彼に「ひと口ちょうだい」と甘えるのをなじったところで、おれだって夜な夜な家に押しかけて彼の時間をねだっているのだから。

「で、『エイリアン・アット・マイ・テーブル』はどうすんの？　みんないける？」

荻原の首に腕をからめている男がそういったとき、みぞおちに冷たい拳をねじこまれる感覚がして、おれは思わずぎゅっと目をつぶった。

「うちアンテュルディエン出てるのぜんぶ観《み》てる」

「かっこいいよな」

『エイリアン・アット・マイ・テーブル』というのはゆうべ予備校近くの交差点で宣伝ホログラムを見た映画のタイトル、アンテュルディエンはオッドアイの主演俳優の名前だ。連中はそれに誘いあってグループデートふうに出かけるのかと思うと、嫉妬で内臓がよじれて位置がおかしくなりそうだ。

「アンテってタッティーに似てない？　こんなふうにしたらとくに」

女子のひとりが荻原の前髪をかきあげ、似てる、似てないと盛りあがるメンバー。

「ん～、あっちのがもうちょっとあごとか、首のあたりとか、がっしりしてるかも」

「タッティーも十年ごにはあんな感じになるのかな」

とかなんとかいいながら、超劣化版「運命の三女神」みたいな女どもが彼の顔やら首すじやらをかわるがわる無遠慮にべたべた触り、勝手なことをほざく。アアッもう触んなさわんな、そんな雑な手つきでおれの荻原に触るんじゃねえ！

「ねえいく？」といわれて、「いい映画みたいね」とどっちつかずなコメントをする荻原。そんな無礼な奴らの手、ふりほどきゃあいいのにどうしてされるままでいるんだよ。

「いこうぜ」「時間による」「今週末は塾の模試」「来週は？」と奴らが予定を話しあうのを、いかないでくれと念じながら背中で聞くしかできない自分。

おれは連中と同レベルどころか以下かもしれない。認めるのはほんとうにしゃくだが、六人組がうらやましい。おれが荻原と親しくなったのはついこの秋からなのに、あいつらは二年にあがってまもないころからの仲で、おれの知らない荻原をいっぱい知ってお り――彼との思い出もたくさんあるのだ。

卒業まで四か月を切っている。おれと彼には時間がないというあせりがいつもある。

家で未来京都大学の過去問題集を解きながら、こんやは一教科終えるごとに学校用端末内の荻原関連物を眺めてもいいことにしようと思いついた。のだが、荻原日記と化しているスケジュール帳をいちどひらいてしまうと妄想がとまらなくなる。きょうは彼とこんな会話をしたとか、彼の家でこんなものをごちそうになったとか、彼にかんすることをあれこれとつづり、うれしいことがあった日や仲が進展したと思われる日にはハートマークをつけている。

机の引き出しをそっとあけ、なかから細長い箱を取り出してひらく。透明な液体のボトルが入っている。おれのすきな薬学系コスメティクスブランド「イルヘルム」のマウスウォッシュだ。みずみずしいミントとレモンの香りが頼もしく、いつかくるそのときを——おれのファーストキスをどうか素敵に演出してくれと念じる。

荻原への想いを自覚してすぐに、彼とつきあうことになったらと意識し始めた。キスやその先のこともあるかもしれないと妄想するひとときが夜寝るまえや休日の朝のエネチャージ・タイムとなり、男同士での愛しあいかたなど情報収集しすぎて脳が膨張し、一時はヘルメットがきつくなったかと錯覚するほどだった。じっさいにはキスどころかつきあっているともいえない段階だが、いつそんな雰囲気になってもよいようにケアをしておくのが賢い片想いパーソンというものだ。

荻原、おれはおまえとクリスマスをすごせるんだろうか。きっともうあいつらと約束があるんだろうな。おれと遊んだほうがぜったい楽しいのに。遊園地か動物園か水族館、未来東京ヒイヅルツリーのプラネタリウムか、寄席からの茶屋デートもいい。

「寄席か……」

マウスウォッシュのキャップをはずし、その香りのなかでうっとりとつぶやくおれ。彼がいつかすきだといっていた噺家《はなしか》の「ラコス亭小わに」や「瞬風亭シュリンプ」が出る日はないかと、演芸ホールや近場の演芸場の公演スケジュールをチェックしたが、十二月のチケットは軒並み完売していた。

「おせえんだよ、おせえの」

なにもかもおれは。

「十二月はどこも混むってわかってんだから、はやく動けよ……」

頬づえをついて、コンピュータのモニターの向こうのカーテンをぼんやりと眺める。小学生のころから替えていない水色のカーテンには、同色の糸で三本マストの帆船のパターンが刺繡《ししゅう》されている。

おれだって、二年からおなじクラスで、しかも二年の一学期は座席が出席番号順でおれとあいつは前後の席だったのに！　なんであのとき仲よくなれなかったんだろう。

だれからも愛されていつでもまわりにファンをはべらせ、にこにこ、ほわほわしているだけで人生なにもかもうまくいっているような荻原が、おれはずっときらいだった。友だちと呼べる人間は長年おらず、恋人なんてものはこの人生に出現しそうな予兆すらないユニコーンか河童《かっぱ》みたいな伝説上の存在。そんな自分には彼が身近にいる毎日はつらすぎた。

たとえばおれがペンかなにかを床に落とすと、前の席の荻原が拾い、「兼古の？」とにっこり笑って差し出してくれたことがあった。なんだよなにもおかしくねえだろ、と、おれは内心毒づいてだまって受け取った。なんて馬鹿だったんだろう。

そんな日々がことし、三年の秋になって一八〇度というか一二六〇度（三回転と一八〇度）くらい変わった。水ぼうそうにかかって長期間学校を休んでいた彼の家へ、担任教師の命により学級委員のおれが授業の課題をもっていくことになったのである。天敵のように憎まれているとも知らず、部屋でふたりきりになった荻原は――ただでさえ病みあがりで弱っていたのもあったろうが、あまりにも無防備に、おれの目の前で気を失うように眠ってしまった。容体をたしかめるべく近よってその顔をまぢかに見たとき、この時空間になにかの条件がそろったかのように魔法が始まった。それまでの憎しみがその熱量を維持したままベクトルだけが反転し――つまり、一瞬といえるほどの時間で、彼への強烈な恋が発動してしまったのだった。それからは、一日のうち十分だって荻原を想わない時間はないほどの自分の変わりように、じつはいままでの「きらい」は「すき」の裏がえしだったのだと思い知った。

これまで自分をあまり後悔しない人間だと思っていたが、荻原にかんすることだけは別だった。もしも過去の自分にアドバイスできるとしたら「一刻もはやくほんとうの気持ちに気づけ」と教えたい。人生で重要なのはそれだけだと教えこみたい。

「いかん落ちこんできた」

おれはチェアのリクライニングを起こしもういちど問題集をひらいた。

そのとき——部屋のドアの向こうで声がしたのと、背すじがすうっと寒くなるのと、どっちがさきだったろう。居間のほうから聞こえた剣呑《けんのん》な声は父の怒鳴り声で、母のするどくいいかえす声は「きゃあっ」という悲鳴に変わった。

おれの体は勝手に動いて、机のうえにいくつも浮かんでいるコンピュータのウインドウやひらいている端末、キャップがあいたままのマウスウォッシュのボトル、なにもかも放置して部屋を飛び出していた。この家には彼らのほかにはひとりっ子のおれしかおらず、父の暴力をとめられるのはおれだけだ。

そこからのことはすべてが自動で展開する、十年一日がごときおきまりの光景だ。われを失った父と泣いている母とそこへ割って入るおれ。そしてこの状況を、おなじことのくりかえしで創造性のかけらもない蒙昧《もうまい》な人類の営みだなと、冷たく観察しているもうひとりの自分……。

これって、なにが起こっているんだろうかと毎回ふしぎだ。手あかのついたドラマのような両親のやりとりに飛びこみ、暴れる父親を抑えこんで「やめろってば！」と叫ぶおれは、まちがいなく彼らとおなじく家族ドラマの配役のひとりなのだが、それと同時に天井のあたりからすべてを俯瞰《ふかん》している、観客のような視点も出現している。

おれが父を抑えているあいだに母は逃げ、着の身着のままで玄関を飛び出していく。母の安全を確認するとおれは父から手を放す。ほどなくガレージから車の出ていく気配。

「まったくもう」情けないったら——と、つづく言葉を飲みこんでおれはため息をつく。

「………」

父はばつがわるそうに咳《せき》ばらいをした。

あとにのこった父は、母がいなくなるとつきものが落ちたようにおとなしくなる。彼はおれには手をあげたことはなく、ひとりのときに物に当たるということもない。母とおなじ空間にいるときだけ、ふとしたことがきっかけで不穏になり逆上して暴れるのだ。

「なんでいつもこうなんだ、いいかげんにしてくれよ」

と、おれがいうと、彼は息子の顔を正視できぬまま自分の部屋に入っていった。

揺れている照明を手で押さえてとめ、ずれた家具の位置をもどす。ほかになにか倒れたり壊れたりしていないかと居間をぐるっとまわって確認し……それから数分だと思うが、記憶が飛んでいた。気がつくとおれはソファーに浅く腰かけていて、顔のうえにはちりちりと熱くてくすぐったい感覚があり、目がきしむように痛かった。顔に手をやると手が濡《ぬ》れた。おれは泣いていたのだった。

家が落ちついて勉強のできる環境ではないことを、荻原家の人びとはおれの言動から察しているようだった。彼がおれを追いかえさないのは――あの人たちが優しいのは、かわいそうだと思っているから？　あわれみか？

これは本気で落ちこむパターンだ。やばい。

しおからい涙でつっぱった感じのする顔を洗面所で洗った。父の整髪料が服についたらしく自分から匂うのに気づく。おれはセーターを脱ぎ、シャツも脱いでランドリーバスケットに入れた。

部屋にもどってべつの服を着、ジャンパーをはおる。リュックに勉強道具と端末を入れて部屋をあとにする。母の車が消えたあとのガレージからバイクに乗って夜の住宅街へと出た。

いらだつやら、悲しいやら、むなしいやら。どうしてうちは毎度こうなるんだろうという不可解さと、はやく自由になりたいという焦燥感、とにかくいろんな感覚や感情で胸がいっぱいで、とてもあのまま家にはいられなかった。かといってどこへゆけば。未来稲荷町《いなりちょう》のいつものファミリーレストラン？　勉強するなら予備校の自習室でもいいがあと一時間もせずに閉館する。会員になっている未来蔵前《くらまえ》のスポーツジムで汗をかくのもいろいろ忘れられていい——など、とりあえずバイクを走らせつつぐるぐると思考し、さっきも通った気がする道をまた通り、けっきょく、数十分ごのおれは荻原の家の前にいたのだった。

　またガレージにとめさせてもらおうとバイクを押して入っていくと、奥の事務所ふうの部屋から出てくる人がいた。こちらに気づくと「おー」という。その声にどきりとする。やってきたのは荻原だった。

「………」ヘルメットを脱ぐおれ。「よう」

「塾？」

「いや。家から」

「ふうん」とだけいって、あいかわらず、なにがあったのかはきかない彼だ。

「なにしてた」と、おれ。

　彼は手にしていた小さな木片を見せてくる。五センチ四方くらいの立方体だ。そしていう。

「なんかいいおもちゃないかなーと思って」

　彼は木材で工作するのが好きなようで、家業の材木店の倉庫から端材をもってきたのだろう。

「ヒバ。いい匂いするよ」

といって、彼はおれの鼻先に木切れをもってきた。息を吸う。気道が清められるようなキリっとした強い芳香がした。

「ほんとだ」おれはやっとちょっと笑うことができた。

彼は玄関の戸をひらき、居間に向かって「兼古きたからー」と告げる。ハーイごゆっくりというおばさんの返事が聞こえた。

「おじゃまします」

といって土間にあがると、居間のこたつにいる荻原の父さんと目があった。長身でくせ毛のひょうきんなおじさんで、荻原林業の社長さんである。会釈するとおじさんもにこっと笑って頭をさげた。

荻原のあとにつづいて階段をのぼる。さっきまでおれ、家でソファーにうなだれて座って泣いてたんだよな、と、小一時間前のことから何日もたっている気がする。部屋に入ると、いつものクタクタした部屋着に半纏というおきまりのスタイルの荻原と、折りたたみテーブルをはさんで向かいあって座した。

やがておばさんがホットケーキとシロップ、赤いチェック柄の魔法瓶を置いていってくれると、荻原が「きょうはなんでしょう」といいながら魔法瓶のふたをあけ、マグにそそぎわける。

「紅茶だ」といって彼が笑う。魔法瓶の中身はコーヒーだったり番茶だったりということもある。

「わざわざ焼いてくれたの、これ……」

二枚重ねのホットケーキのうえをバターのかけらが溶けながらすべってゆくのを見つめ、おれはつぶやく。

いや、と、荻原は首をかしげて、「まえにたくさん焼いて冷凍してたやつじゃないかなー。あの人適度に手抜きというか合理てきにやってるから、まあそう恐縮せず」

「そうか」

「うん」彼はフォークを使わずに、ホットケーキを手でつかんでちぎって食べた。「兼古はあれこれ気をまわしてつかれちゃうんだね」

「……どうもそういうたちらしい。慣れてねえの。親切にされるっつうか、歓待されることに」

「歓迎してるよ」彼はさらりといった。「うちの人たちみんな」

荻原って奴はいつもこうなのだ。おれのことをどう思ってるのかと迫ってものらりくらりとかわすくせに、こっちが弱っているときには、思いがけなく優しいことをいってよりそってくれるのだ。べたべたしないがここぞというときはそばにいてくれる――猫の愛情表現ってそういう感じだと聞いたことがあるけど。

彼の言葉に泣きそうになっているのをごまかせているかわからないが、ホットケーキを切りわけるふりをしてうつむきながら、おれは「ありがとう」とだけいうことができた。

しばらくすると、階段をきしませながらのぼってくる足音がして、となりの部屋のドアが開閉し、ほどなく壁の向こうから歌い声が聞こえてきた。荻原の中三の弟の剣だろう。戦闘ロボットアニメの主題歌を気持ちよさそうに歌っている。

「…………」思わず壁を凝視してしまうおれ。

アアア〜、アア〜、と、サビの部分を高らかに歌う声が木造家屋に響く。

「すごい歌ってる」笑いながら荻原がいう。「あいつ風呂入ってて、兼古きてんの気づいてない」

「ふふ」おれもつられて笑う。

荻原は自分とおれの食べ終えた食器を盆のうえに重ね、テーブルのしたにおろす。おれはリュックから勉強道具を出して、家で中断していた過去問のつづきをやることにした。

部屋で勉強させてもらうあいだ、彼はベッドに転がって漫画を読んだり居眠りをしたり、じつにマイペースにすごす。高三のこの時期にもまだバイトしていることといい、とても受験生とは思えない生活態度である。問題集のノルマの半分が終わった。おれは筆記用具をおいて大きく伸びをした。彼は端末でパズルゲームをしていた手をとめ、魔法瓶からおかわりの紅茶をそそいでくれる。

「はい、お飲み」

「どうも」

おれは熱いアールグレイをすすって、ほうっと息をつく。隣室はしずかになっていることに気づく。すると彼はおれの頭のなかを読んだみたいにつぶやいた。

「剣寝たな」

「ついにおれがいると気づかぬまま」

「うん」

と、うなずき、荻原もマグカップから紅茶を飲む。

いつもよりひそめた声でおれはいう。

「ふしぎだ。おまえとおばさんとおじさんはおれがきたことを知ってるけど、弟だけはおれがこの時間ここにいたことを知らない世界を生きていくわけだ」

「家族でもひとりひとり、ちがう現実やちがう物語を生きているからね」

「うちみてえな家なら家族全員ばらばらな現実を生きてるっていわれても当たりまえと

思えるけど。おまえんちみたいな仲のいい家でも、そうなのか」

「うん」

「ちょっとさみしい。頭じゃ理解できるが」

「そう？」

「心から愛しあってるパートナー同士とか仲のいい家族なら、おなじ現実やおなじ物語を生きられる、みたいな理想を抱いてしまう」

「それはないね。だからすばらしい」

「すばらしい、か。クールだな」

おれが苦笑すると、荻原はテーブルに腕組みをした両肘をついてずいっとこちらに迫ってきた。そしていう。

「いまおまえは目の前になにが見える？」

「えっ？」

「俺の顔が見えるでしょう」

「み、見えるよ」

「俺には俺の顔は見えなくて、兼古の顔が見える。これだけでもう、おなじ部屋にいながら見えている世界、生きている現実は異なるね」

「たしかに」

「いま、おまえにとって世界は俺の顔をしていて、俺にとって世界はおまえの顔をしている。それがさびしい？」

「えっ、あっ、い、いや」

すごいことをいわれているのだけはわかる。禅問答のような言葉を理解するまえに、彼は彼なりにおれを受け入れてくれているんだということに体のほうが反応している。安心感が胸に広がり、腹のなかが温かく満たされてくる。

荻原ってほんとうにふしぎなのだ。学校で悪友どもと馬鹿話をしていると思ったら、宇宙の真理を知る賢者のように話し始めたりする。知ればしるほどこいつは何者なんだと惹《ひ》かれていく。

「ね」といって、荻原はにこりとした。

「たしかに、そうだと、さびしかねえな。おたがいが、おたがいを世界だと思って見てるんなら……」

たどたどしく、まるで日本語覚えたてみたいにやっというおれ。

「ていうかそれ、おれも知ってた気がする。そうか——だからここにくるんだ、そうだよ！」

彼はくすくすと笑う。「なにかわかったらしい」

「できるだけ長くおまえの前にいたい、おたがいにとっておたがいが現実である時間ができるだけ長いように、し、したいんだ、よ……」

勢いとはいえあまりにもあからさまに愛の告白になってしまった気がして、尻すぼみに声が小さくなる。

「そういうことだ、そういうことだったんだ。おれが荻原家にくるのは」

「うん」

「なんかいろいろわかった」

「うん」

ふたたび目を落とした問題集はなんだか文字が白く飛んでよく見えなかった。気持ちがふわふわしていて、とてもこのままつづきができるように思えない。

ふたりとも言葉なく、紅茶をセルフでそそいでは飲んだ。

向かいあっているとき、おれにとって彼が世界だというだけじゃなく、彼にとってもそれもまたそうなのだ。できるだけ長く見つめあっていたい。いつかこの世を去るとき、おれにとって地球でのいちばん長い現実は彼でしたといえるくらいに。

おれは幼少期から結婚願望——パートナー獲得欲求のとても強い人間だったが、十八年生きてそれもここに極まれり。やっぱりおれには荻原しかいない、おれにとって運命の相手がおまえなのはもう確実なのに、おまえにとっておれがそうじゃないなんてことがありえるのか!?

翌日は一日心おだやかにいられた。なぜなら昨夜、彼の家からの帰りぎわに約束したのである──学校じゃ六人組がおまえにべったりで話しかけるすきを見つけるのもひと苦労だ、あすの放課ごはおれとすごすって、いまから決めておいてほしい──と。荻原はまるで宇宙にお伺いをたてるかのように上目づかいで数秒考え、「いいよ」といった。

そんなわけで、きょうのおれは放課ごの彼を予約済みなのである。

彼が掃除当番なので、終わるのを待っておれは男子トイレの前の水飲み場で身じたくをした。ブラシで七三分けを整え、歯みがきののちマウスウォッシュでうがい。完璧だ。荻原、こっちはいつでも準備できているぜ、と鏡を見つめる。

おれたちは生徒玄関で落ちあい、バイクのリアシートに彼を乗せて隅田川沿いを走った。夕暮れの太陽の透ける黄金色の雲が空に広がり、空気は冷たいが気持ちいい。

「あそこにとめてすこし歩こう」と、彼。

「いいよ」と、おれ。

川べりの公園用パーキングスペースにバイクをとめ、階段をのぼって土手にあがる。鈍色《にびいろ》の水のゆったりとした流れのこちらがわにも、あちらがわにも、ベンチや草むらに憩う人びとがいて舗装された道をジョギングしている人がいる。平和だ。

「どっちいく？」と、おれ。

「なんとなくこっち」と、荻原。

未来向島《むこうじま》方面へ向かって歩きだす。

となりを歩く荻原の顔をちらちらと横目で盗み見するおれ。いや、堂どうと見たっていいんだが、しぜんな表情を見たいから、やはり見ていると思われないほうがいい。

彼のくせ毛が冷風に揺れているさまに、手つかずの草原の枯草がそよいでいる光景が重なる。どこの景色なんだろう、そんな場所にいつかおれはいたことがあるんだろうか。つまらない考えかたをするなら、過去に映像かなにかで見かけたものが脳裏にのこっていたんだろうということになるが、荻原を見ているとわけもなく遥《はる》かな、とほうもない気持ちになるのは理由がわからない。

「あ、桜もち」ふと彼が、なにかを見つけた顔つきでいう。「桜もちいこう」

「長命寺《ちようめいじ》ね」と、おれはいいなおす。

おれたちの道の先には、桜もちで有名な「チェリーブロッサム長命寺」の建物が見えていた。

「桜もちソフト食べたい」と、荻原。

「この寒い日に。腹こわすなよ」と、おれ。

彼は幼少期、体を冷やすとおねしょをするからと風呂あがりのアイスやジュースを飲食するのにも制限があったらしい。

ことしの未来東京では寒い日にアイスや冷たいものを食べる習慣が幾度めかのブームで、通学路の近くにもかき氷屋がオープンしたばかりだ。チェリーブロッサム長命寺でも流行に乗って、桜の葉パウダーを練りこんだソフトクリームに桜もちがぶっ刺さっているというインパクトあるものを販売開始した。いまは平日の夕方四時すぎ。おやつと夕飯のあいだの中途はんぱな時間のためだろうか、店舗のまわりには人影もなくすぐにソフトクリームにありつけそうだった。

桜もちの葉っぱってどうする？　取る？　いっしょに食う？　などと話しつつ、チェリーブロッサム長命寺まで数十メートルというところにさしかかる。店の墨色ののれんが揺れ、奥の引き戸がひらいてニット帽にショートコートの人物が出てきた。地元人か、観光客か？　となんとなく眺めていたそのとき、おれは信じがたいものを見た。

店から出てきた人物は桜もちソフトとおぼしきものを一本もっていたが、それを落とした。あっ、と思った一瞬のち——ソフトクリームが地面から、時間が巻きもどるようにひゅうっと浮きあがり、その人物の掌中にふたたびおさまったのである。

「わッ」と、おれは声を出してしまう。するとその人がこちらを見た。おれたちの存在にいま気づいたというように。

なんだ？　いまなにが起こった!?

荻原を見ると、おれとおなじほうを向いている。こいつもいまの現象を目撃したはずだ。

「み、見た？」

「うん」こともなげに店のほうを見ている荻原。

「ほんとに見た？　落ちたアイスが！」

「汚くないよ。よゆうで三秒ルール」

「はァ!?」

そんなことをいっているまにも、地面からバク転した桜もちソフトをもった人物がこちらに向かって歩いてきている。おれは荻原のコートの袖をつかんでいう。

「こっちくるぞ」

「大丈夫」荻原は落ちつきはらっている。「俺たちも店に入ろう」

ニット帽の人物は、薄暗がりのなかでも容貌がわかるところまで近づいた。帽子のふちから明るい茶色の髪がのぞいている白人だ。おれたちよりも十センチくらい背が高い。おれはその人の手のなかの桜もちソフトに目が釘《くぎ》づけになる——作りたての綺麗《きれい》なフォルムで汚れのひとつもついていない。たしかに地面に落ちてつぶれたように見えたのに、錯覚だったのか!?

そして——そして、そして！

不可解なソフトクリームから視線をあげてその人と目があったとき、おれは声も出ないほどのおどろきに飲みこまれたのだった。

となりで荻原が朗らかにいう。

「アンテュルディエン？」

アメリカ映画界のいまをときめく超美形俳優はにこやかにうなずいた。

アップルジュースの透き通った黄色と、クレバスの深淵《しんえん》の青い瞳がひとつずつ。ここまで近よって見まごうことなどできようか。寒さのためかすこし紅潮したほお、通った鼻すじと、カヌーのようなかたちの幸福そうな唇。

「…………」

なにもいえずにただ、その顔にぼうぜんと見とれるおれ。未来東京に住んでいれば街で芸能人を見かけることはあるがここまでの大物かつレアなのははじめてだ。

「桜もちソフト食べにきたんですか」と、荻原。

いうに事欠いてアンテュルディエン相手にきくことがそれか、とつっこみたくなる。

しかしその人はごくしぜんなスマイルで答える。

「うん。ガイドブックに評判だって書いてあったから」

「俺たちもいまから食べるところです」

「いいね。おさきにいただくよ」

といって、アンテュルディエンは聖火のミニチュアのようなソフトクリームに口をつけた。

「あの、それ」おれはたまらず口をはさむ。「さっき落としたように見えて……」

「ハハ。うん、落としたね。でもほら、このとおり」

アンテュルディエンはその魔術てきな魅力の双眸で、こちらをまっすぐに見ながらいった。その目に見つめられると、波立っていた心がすうっと凪《な》ぐような――この状況はべつに異常でもないような、なにも問題ないような気がしてくる……。

アンテュルディエンは海外のセレブリティのうちでもとくに謎おおき人物といわれていた。本名非公開、年齢は現在三十代なかばのようだが公開されている生年月日や国籍などの個人情報はフェイクだといううわさもある。ラグジュアリーブランドのモデルとして活動していたが、のちに俳優として頭角をあらわし、神や天使からモンスターや地底人までおもに非人間や宇宙存在の役柄をこなす。人間の役はめずらしいくらいだ。

この人が天使や悪魔や宇宙人を演じると、台本のせりふをしゃべっているとはとても思えない。地球てきな知性からは測りがたい次元に生きる天使などといった存在たちが、そのまぶしすぎる輝きの照度をすこし落として、人類にも直視できるように、理解できるように、それぞれの立場からふるまい、語っているように感じられるのだ。

アンテュルディエンはおれをじっと見て、それからゆっくりと視線を移して荻原を見た。数秒そうしていただろうか。彼はそのめずらしい目を細めてしみじみという。

「君たちはさいごまで、そうなんだね……」

そのふしぎな言葉は、まるで日なたの縁側でじいちゃんが孫に「大きくなったねえ」とでもいうような響きがあった。それもなみたいていの（？）縁側じゃない。銀河のほとりの縁側とでもいうべきイメージだ、銀河に縁側があるかはともかく。

「すばらしい。会えてよかった。このソフトクリームも美味《おい》しいし」

アンテュルディエンは溶けかかっているソフトクリームをぱくぱくと食べた。

「そろそろいくよ。元気で」

といい、彼はおれたちに握手を求めてくる。

「ありがとう」と、荻原がその手をにぎっていう。「あなたも元気で」

なんだか初対面じゃないような落ちつきぶりだなと思いつつ、おれもふしぎなくらいに平静な気持ちで握手をした。アンテュルディエンの視線には鎮静剤てきな効果があるのだろうか。

遠ざかってゆく彼を見送りながら、通行人がぜんぜんその正体に気づかないことに、おれと荻原はくすくす笑いあう。

「有名人オーラ消してるなー」と、彼。

「なにが起こったんだかまだ飲みこめてない自分がいる」と、おれ。

「俺たちも食べよう、桜もちソフト」

チェリーブロッサム長命寺に入る。店内にはだれもいなかった。おれたちは一本ずつソフトクリームを求めると、窓ぎわのテーブル席ではなく緋毛氈《ひもうせん》のかかった縁台に座った。こっちのほうが茶店風情があってすきなのだった。

「あの人どうしてここにいたんだろ」

と、おれはつぶやき、端末で調べる。こんや新新宿で『エイリアン・アット・マイ・テーブル』の報道関係者とメンバー限定のトークイベントがあるらしい。作品のプロモーションで来日していたようだ。

おれはいう。

「仕事先でお忍びで、あんなふうにお伴《とも》もつけずひとりで歩きまわるもんなのか」

「ぜんぜん忍んでなさそうだった」

「自由すぎる」

「最高だね」

ソフトクリームに刺さっている桜もちをはずし、葉つきのまま食べる。優しく、なつかしく、鼻腔《びくう》のトンネルを抜けてどこか約束の地へいざなうような、この世で桜の葉だけがもつ特別な香り。冷えて歯ごたえの増した皮もまた美味だ。ソフトクリームはほのかな塩味を帯びたさっぱりしたミルクの甘味が、じだんだを踏みたくなるほど最高に奥ゆかしい。

「うまい!」と、おれ。

「うまいー」と、彼。

おれは気づいたことをふともらす。「それにしてもあの人日本語話せんだな、知らなかった」

「え?」

「え、って?」

「彼、日本語話してた?」

「なにいってんの、しゃべってたに決まってんじゃん、じゃなきゃ――」

と、そこまでいっておれは、彼がほんとうに日本語をしゃべっていたか、その声の印象が耳にのこっていないことに気づく。

「あれっ? えっ?」

おれは無意識に耳に手をやり、聴覚記憶をたどろうとする。

「しゃべってたよな? じゃなきゃ会話にならねえよ、英語じゃなかったのはたしかだし」

と、うろたえるおれを前にして、荻原ははむはむと桜もちを食うばかりでなにもいわない。

「そうじゃないんだったらなに？」と、おれ。

「テレパシー」と、彼。

「は？」

「テレパシーだったよ、さっきの会話は」

「ええええ!?」

「シー」

といって荻原が右手をのばし、人さし指をおれの唇にあてる。すると「ふはッ」と、おれは声とも息ともつかぬ気体が自分の口から噴き出すのを聞いた。

触んなよ、いきなり触んなよ！　いや、触るのはいい、大歓迎、だけどいきなりはびっくりするから！

「ア、アンテュルディエンは日本語をしゃべってない？」

「そう」

「直接あなたの頭に話しかけてます、ってやつ!?」

「すごくしぜん。だから違和感なかったし、こわくなかったよね」

「ふつうに会話してるとしか……」

「さすがだなあ」感心したようにつぶやく荻原。「映画の役も本人役みたいなもんじゃないか」

「どういうこと」

「あの人って天使とか宇宙人とかばっかり演じてるけど、あれって、素でやってるんじゃないかって」

「素で」

「ある人間の人生のタイムラインが、ハッピーなほうに車線変更したことの象徴として、アンテュルディィエン演じる宇宙人が祝福にあらわれる、って話があったじゃん？」

「そんなのもあったな」

おれは桜もちソフトを食べ終え、ワッフルコーンに巻かれていた紙をたたみ、サービスの緑茶を飲む。

「しかしテレパシーって……テレパシー……まじかよ、ぜんぜんわからんかった」

「彼はほんとに地球外存在で、この地球で地球人を演じてるのかもしれない。超能力者が手品師のふりをして安全に生活していくみたいに」

「なるほど。しかしさっきの、君たちはさいごまでそうなんだね、っていうせりふには、なんかゾクッとするもんがあったな。時空がゆがむ感じがしたというか」

といって、おれはちらっと荻原の表情を盗み見てつづける。

「なんだか意味深じゃねえ？　なんであんなこといったんだろう」

「彼があらわれたってことは、俺たちもパラレルなタイムラインにシフトしたのかも」

「無数に並行世界があってどんな未来にいきたいかって妄想するのは好きだけどさ、子どものころから。あれってどういうしくみ？」

「アンテュルディエンの映画では、人生をパラパラ漫画にたとえてたよね。ふつうは一ページずつ進むのが、なにかの加減でページが飛んだらいつのまにか状況が変わってる、って体験になる」

そういえば、あれこれあって気づいたらソファーで泣いてたってことがつい昨夜あったばかりだな、と思い出しながら彼の話を聞いている。

荻原はつづける。

「そのパラパラ漫画って、じつはひとつだけじゃなく無数のバージョンが存在していて、別バージョンの漫画に移ってしまうことがあるんだ。それがちがうタイムラインへ移動したっていうこと」

「移動したときって自覚できるもんなのかな」

「分岐するように共通のページから移ってしまえばほとんど気づかないかもね」

「なるほど」

「映画ではその人物が、はたから見れば不幸に思える状況でもハッピーな気分でいたから、ハッピーなタイムラインに移動したって話だった」

「じゃあその逆もあるってことか、怖《こ》ぇー！」

ほとんど反射のようにネガティブな連想をするおれ。

「だれにでも日常で大なり小なり起こってることだよ。バイト先の受付の女の人もそんなこといってた」

「なんて？」

「俺が出勤したらうれしそうに、私パラレルしちゃったみたいって報告してくれた」

「彼女がそう自覚した根拠は？」

「ブラジャーのホックが、えーと、一段だったのがその朝二段に変わっていたと」

「え？　ブラジャー？」

「うん」

「よく知らんけど背中の留め具のこと？　その数が変わってたって？」

「うん」

「そんな……気のせいだろ」

「しばらく使ってたのだからまちがいないって。俺としてはそういう、自分にしかわからない感覚で気づくってところにグッときたけどね。ニュースでどーんと、きょうから人類がいっせいにパラレルなタイムラインに移行しました！　とかじゃなくて、それぞれのときにそれぞれの人のなかで、ひそやかにそれが起こってるっていう」

「ふーーーううううむ」と、うなってしまうおれ。

茶を飲み終えて彼はいう。

「朝起きたら下着の小さな金具が変わってた、なんて……すごく素敵じゃないか。おめでとうございますって、耳もとでささやかれた感じ。目に浮かぶよ。しずかな朝に、ひとりでその事実を受けとめる。そしてまたたんたんと生きていく」

「じゃあさっきのアンテュルディエンのは、おれたちがどういうタイムラインに移ったってことなんだ？」

「いってたじゃないか。さ、い、ご、ま、での関係であるタイムラインだよ」

「えっ」おれはどきりとする。

「そういうことじゃない？　彼の名はアンテュルディエン――UNTIL THE END」

荻原が単語ひとつずつをはっきり発音すると、おれはサーッと鳥肌が立つのを感じた。

さいごまで。おれたちの関係はさいごまで。

それってどういう意味なんだ。恋愛関係で「さいごまで」なんていうと肉体てきに結ばれてしまうことかと直球すぎるイメージしか浮かばないが、なんといってもあのアンテュルディエンがいったのだから、その言葉はもっと壮大な、いくつもの人生に渡る、遥かな時空間の気配も帯びていて……。

「さて、帰ろう」

荻原が立ちあがり、湯のみをふたつ盆のうえに置く。

「そういえばあいつらと『エイリアン・アット・マイ・テーブル』観ようって話になってたなー」

思い出したようにいう彼に、おれはそうだそれだよとつっこむ。

「おい、この流れだぞ、それはおれといくべきじゃねえ？」

「ハハ。それもそうね」荻原は笑う。

「おれにいわせりゃこの世でいちばんくだらねえものはダブルデート。もちろんグループデートもしかり。一対一が関係性のアルファにしてオメガ、《ふたり》に天地創造からのすべてが詰まっているんだぜ」

「はいはい」

店を出てのれんをくぐると、うるうるとした新鮮な藍色の夜空が出迎えてくれた――まるで、新世界へようこそというように。ブルーベリーの香りでもしそうでおれは肺いっぱいに息を吸った。

ハッピーなタイムラインに移行するとかそんな空想はすきだけど、真実かどうかはわからない。ただほんとうは、いつもいつも、この世界は新しかったのかもしれない。気づけないだけで。

荻原、おれはこのタイムラインにしがみつくぞ。うんと長生きしてこの関係をまっとうする！

おれの独占欲や執着心がこんなに強いのは、地球に衛星がひとつしかないせいじゃない？　と、おれは、恐竜の卵めいたこんやの月に向かって胸のうちでつぶやいた。

キリング・ベクトル

宮澤伊織

宮澤 伊織
みやざわ・いおり

秋田県生まれ。2011年、『僕の魔剣が、うるさい件について』でデビュー。15年「神々の歩法」で第6回創元ＳＦ短編賞を受賞。著書に『何かが深海からやってくる 8月の迷惑な侵略者たち』『ラブと貪食の黒戮呪剣〈コルドリクス〉』『そいねドリーマー』「裏世界ピクニック」シリーズなどがある。

1

肺いっぱいに液体が満たされている感覚で目が覚めた。

一瞬でパニックになった。この俺がだ。窒息の経験は何度かあるが、溺死寸前の状況まで気付かず寝ていたのはさすがに初めてだ。

見開いた目に淡い光が映った。

口から出てきた小さな泡が、光に向かって遠ざかっていく——あちらが上だ。

水面の方向を認識したことで、訓練の力がパニックに打ち克《か》った。俺はただちに脱出行動に移る。

泳ぐのに邪魔な衣類を脱ごうとして、何も着ていないことに気が付いた。なぜだ？

いや、疑問は後回しだ。考えるだけでも脳が酸素を消費する。この状況では致命的だ。

水を掻《か》いて上へ向かうと、光はどんどん近付いてきた。深く沈んではいなかったことに安堵《あんど》しながら伸ばした手が水面を突き破り、ひんやりとした外気に触れた。頭を水から出して激しく咳き込む。痙攣《けいれん》する肺からびっくりするほど大量の液体が吐き出される。手探りに伸ばした指が硬いものに触れた。岸？　縁《ふち》？　とにかく水面の端にあるそこに摑《つか》まって、呼吸器をまるまる引きずり出されるような咳にしばらく身を委ねた。

ようやく咳が落ち着いて、俺はあたりを見回した。どこから来ているのかわからない白っぽい光に照らされた無機質な部屋だった。誰もいない――監視カメラらしきものも見あたらない。

慎重に水から上がった。床は石ともプラスチックともつかないざらざらした素材で、ほのかに温かい。壁や天井も同じ素材のようだ。液体に満たされた直径一メートルほどの穴が床に三つ並んでいて、俺はその一つに入れられていたようだ。

自分の身体《からだ》を見下ろして、ふと違和感を覚えた。両手をじっと見つめる。手のひら、手の甲、濡《ぬ》れた褐色の肌が妙に柔らかい。ふやけたというには張りがある。傷や染みの一つもない。若返ったような、というか――まるで生まれ変わったみたいに健康な肌に見えた。

俺はこんな身体だったか？　気絶させられて全身エステにでも放り込まれた？　馬鹿

馬鹿しい考えが頭をよぎったそのとき、不意に部屋が大きく揺れた。

転倒しそうになって、咄嗟《とっさ》に壁に手を突いた。

目の前で壁の一部が長方形に窪《くぼ》んだかと思うと、一瞬で戸口になった。

「………!?」

俺は不審の目で、いきなり現れた戸口を見つめた。その縁は磨かれたように滑らかだ。戸口の向こうには通路が左右に延びている。誰もいないのを確かめてから、俺は通路に足を踏み出した。

また足元が揺れた。地震の揺れ方ではない。この建物が砲撃でも受けているのか、そうでなければこれが建物ではなく船か何かなのか、あるいはその両方かだ。

通路の先、前方の角の向こうから物音が聞こえてくる。

入り乱れる複数人の声と足音、それに――銃声だ。

いよいよきなくさくなってきた。

もといた部屋に身を隠そうと振り返った目の前で、戸口が音もなく縮んで壁に戻ってしまった。

「おい」

その辺を叩《たた》いてみたが、さっきとは違ってまったく無反応だ。

「くそ……」

次の手を打つより先に、足音が急速に近付いてきて、その正体が通路の角に姿を見せた。

女だ。身長百五十センチ、黒髪、東洋人。セーラー服を着ていた。右手には黒っぽい銃。見たことのない型だ。少女は角の向こうにでたらめなフォームで何発か発砲してから、こっちに向き直った。

そこで初めて俺に気付いた。

「うおわあっ!?」

素っ頓狂な声を上げると、俺に向かってあたふたと手を振り回す。

「ちょ……バカ！　なんか着てよ！」

俺は無言で距離を詰める。相手は見るからに素人だ。まずはその武器を奪う。

驚いたことに、少女も大股でこっちに近付いてきた。

「だめだめ、こっち来ちゃだめ！　逆、逆！」

慌てたように言う少女の背後で、何かが角を曲がって姿を見せた。

全身緑色のそいつは、明らかに人間ではなかった。

通路を一人で塞ぐほどの巨体。丸太のような両腕に、冗談みたいな大口径の銃器を抱えている。肩と首の筋肉が発達しすぎて、極端な猫背に見えた。頭は人間の四倍はあって、ショベルカーみたいな下顎から黄色い乱杭歯《らんぐいば》が何本も突き出ていた。潰れた鼻孔の上に、根性の悪そうな目が四つある。

さすがに思考が停止した。この俺がだ。

そいつが俺の姿を認めて、四つの目の間に皺《しわ》が寄るのが見えた。

「ほら行って！　早く早く！」

駆け寄ってくる少女の向こうで、緑色の化け物の銃口が持ち上がり、こちらに向けられようとしていた。

俺は咄嗟に手を伸ばして少女の手から銃をひったくった。

「あっ!?」

少女が勢い余って床に倒れ込むのを尻目に、銃を構えて化け物に向けた。引き金を引くとジュッという小さな音がして、化け物の牙が一本折れ飛んだ。

反動がまったくない！　そのせいで狙いが下に逸《そ》れた。銃口を上げて三発続けて撃つ。

化け物の顔の中央に黒点が生じて、四つの目が瞬時に白濁した。口がだらしなく開いたかと思うと、緑の巨体は顎から床に倒れ込んだ。

少女は床で目を丸くしていたが、俺が振り返ると急いで身を起こした。

「やった！　すごいすごい、さすが殺し屋――」

立ち上がろうとする少女に、俺は銃口を向けた。

「わっわっ、ちょっと待って」

動きを止めた少女を俺は問いただす。

「俺を殺し屋と呼んだな。なぜ俺のことを知ってる」

「あー、うーんと、その話、あとでもいい？」

緊張感の乏しい反応に、俺は苛立《いらだ》つ。

「ただの脅しだと思っているなら間違いだ。答えろ、おまえは誰だ」

「わかったわかった。私はシフカ。地球人だよ」

少女は名乗り、それから意味ありげに目を細めて続けた。

「で、あ、な、た、は？」

「俺は——」

俺は絶句した。

その問いに答えられないことに気付いたのだ。

「俺は……………誰だ？」

少女は俺の表情をじっと見ながら、ゆっくりと立ち上がった。

「だからこの話はあとにしようって言ったじゃん」

束《つか》の間呆然《まぼうぜん》としていた俺の耳が、角の向こうから近付いてくる複数の足音を捉えた。

少し遅れて、シフカと名乗る少女も振り返った。

「ほら、早く逃げよ。ウグルクの連中、まだまだいるから。そんな銃一丁じゃいくら殺し屋でも辛《つら》いでしょ」

銃を突きつけられていることを気にする風でもなく、シフカが歩き出した。

「待て、おまえは一体——」

「安全なとこまで行ったら、全部説明してあげるよ。それと、あなたに何か着せてあげないとね」

笑ってそう言うと、シフカがどんどん行ってしまうので、俺は一瞬、どうしたらいいかわからなくなる。

仕方がない。俺は銃を下ろして、シフカの後を追うことにした。

記憶こそ混乱していたが、一つだけ確信できることがあった。

俺はプロの殺し屋だ。自然に湧き上がってくる思考と行動様式がそれを証明している。極限状況で生存する技能を持ち、必要とあれば無慈悲にもなれる。情報を手に入れるために他人を痛めつけることもためらいなくできるだろう。

このシフカとかいう少女が俺を知っているなら、すべて吐かせることなど造作もない。からかわれるのは嫌いだ。このまま舐《な》めた態度を続けるなら、俺にも考えがある。

記憶喪失のショックを一時的に棚上げし、気を取り直そうとしながら、カーブした通路を曲がると、行く手の壁面に大きな窓が現れた。

そこに見えた風景に、俺は完全に打ちのめされた。

窓の向こうに広がっているのは、無数の星々が輝く、漆黒の宇宙空間だったのだ。

2

「そんなにショック受けると思わなかった」

シフカが困ったように言った。

「ねえおっさん――」

「なれなれしく呼ぶな」

俺は顔を覆ったまま呻《うめ》き声を上げる。

どういうわけか、宇宙空間を目にしたときの方が、記憶がないことに気付いたときよりもショックが大きかった。

「わけがわからん、どうして俺は宇宙にいるんだ。説明しろ」

「まあいいけど、納得するかなあ」

部屋の隅に積まれた箱に腰掛けて脚をぶらぶらさせながら、シフカが疑わしげに言う。

追っ手から隠れるために、シフカは俺を狭くて暗い小部屋に連れ込んだ。メッシュ状の棚に、掃除用具や計器、医療器具らしきものが雑然と突っ込まれた物置だ。シフカに投げ渡された厚手の布を言われるまま羽織ると、布は勝手に動いて人型の作業着に変化した。靴と手袋も一緒になっている。これでひとまず全裸でうろつく状況は回避できたわけだが――

「今どういう状況かというとね――私たちは無人の貨物船に密航してる。コルゴリウムから出てマヤミラに向かう船。さっきからドッカンドッカンいってるのは、ウグルクの攻撃」

　シフカが説明するうちにも、くぐもった爆発音と衝撃が床をビリビリと震わせた。

「コルゴリウムとかマヤミラというのは地名か？」

「うん、星系名。宇宙船だからね、これ」

　容易には受け容《い》れがたい状況を、シフカが駄目押しのように口にした。

　宇宙船か……。まるで現実感がない。

「俺は天文学の専門家ってわけじゃあないが、コルゴリウムなんて星は聞いたことがない。ここは地球からどれくらい離れてるんだ？」

「え、うーん、すごく遠いけど。なんで？」

「地球までどうやって帰る？」

「帰りたいの？」

　どういうわけか、シフカは探るような視線で俺を見た。なんだか気に入らない目つきだった。

「記憶をなくして、わけのわからん宇宙空間で目を覚ましたんだぞ。故郷に帰りたいと考えるのは当たり前だろう」

「……そっか。まあ、何をするにしても、ウグルクの攻撃を切り抜けないと」

「ウグルクってのは、さっきおまえが追われてた緑の化け物か？」

「そう、あれがウグルク人。めっちゃ粗暴で口の臭い奴《やつ》ら。その船がこっちに接舷して乗り込み戦闘仕掛けてきてるの」

「海賊のようなものか」

「そんな感じ。今のところまだ持ちこたえてるけど、貨物船の防衛機構が突破されたらいっせいに突入してくる。おっさんは可能な限り強く作ったつもりだけど、さすがに多勢に無勢かなあ」

「作った？」

「あ」

違和感のある言葉に俺が顔を上げると、しまったと言わんばかりにシフカが目をそらした。

「作ったって、なんだ。どういうことだ」

「あー、落ち着くまで黙ってるつもりだったんだけどな。しまったな」

「なんの話をしてる」

「うーん、あのね、おっさん、さっき私が作ったのね」

「…………？」

「うん、わかんないよね。えーと、この船の万物プリンタを拝借して、それで出力したんだ。あなたを」

「俺を」

「そうそう。おっさんを」

「ん？　ん？　つまり……？」

「つまりねえ」

俺が混乱していると、シフカが痺《しび》れを切らした様子で言った。

「私の手元に地球の人的資源アーカイブがあったから、そっからちょいちょいっと見繕って、あなたを作ったの。いろんな兵士とか殺し屋とか諜報員《ちようほういん》とかのデータをつまんで、混ぜ合わせて……。だからおっさん、別に記憶喪失じゃないんだ。そもそもないんだもん、記憶。殺し屋のマインドセットだけ。それ以外はまっさら、ぴかぴかの新品！」

俺はぽかんと口を開けてシフカを見つめた。

何も考えられなかった。この俺がだ。

いや、この俺というのは……、

俺は…………。

「ごめんね、だからもうちょっと落ち着いてから教えたかったんだけど」

アイデンティティの危機に陥っている俺に向かって、シフカが言った。

「まあ、でもほら、自分が何者かなんてみんな悩んでるわけだしさ、一生かけて折り合い付けるんだよ。私も、おっさんも」

「知った風な口を利くな……」

「おっさんよりは知ってると思う」

「そりゃそうだろうよ！」

腹立ちまぎれに大声を出してしまった。くそ、プロらしくない。

実際のところ、俺はプロでもなんでもないわけだが、それでも――

経験を積んだ殺しの専門家。自分のことを漠然とそう思っていたが、実態は生まればかりの人造人間だったとしたら、このこだわりに意味などないのか。

「な……なんでそんなことをしたんだ。なぜ俺を作った？」

「もともとどこかで殺し屋を作るつもりだったんだけど、ウグルク人に襲われちゃったから。この場を切り抜けるためにボディーガードが必要だったの。考えてみれば偽の記憶くらい入れておいてあげればよかったね、ごめん」

本気か冗談かわからない口調で言う目の前の少女に対して、どういう感情を持てばいいいのかわからず、俺は脱力して後ろの壁にもたれかかった。

さっきまで俺は、失われた記憶を取り戻すことを当面の目標にしていた。だから記憶喪失もショックではあったものの、克服すべき困難な状況の一つに過ぎなかった。ところが、あっという間に自分の正体が判明した今、その目標は霧散してしまった。なにしろ取り戻すべき記憶などどこにもなかったのだ。

「それでね、おっさん……」

「待て。ちょっと待て」

俺はシフカの言葉を遮った。

「さっきから気になってたんだが、おっさんはやめろ」

「なんで？」

「おかしいだろ。生まれたばかりの人間におっさん呼ばわりは」

「気にしてたの？　肉体の外見設定は三十代にしといたから、おかしくはないと……」

「三十代はおっさんじゃない」

「え、おっさんだと思う」

「違う」

俺が言い張ると、シフカは拗《す》ねたように唇を尖《とが》らせて俺を睨《にら》んだ。

「じゃあなんて呼べばいいのさ」

「それは……」

俺は口ごもる。そうだった——俺には名前すらないのだ。

黙り込んでいると、シフカの目つきが少し和らいだような気がした。

「じゃあさ、私のことお姉ちゃんって呼んでもいいよ」

「殺すぞ」

俺の唸《うな》り声にも、シフカはけらけらと笑うばかりだ。うんざりした思いでかぶりを振ってから、俺は気持ちを切り替えて訊《たず》ねた。

「さっきおまえ、最初から殺し屋を作るつもりだったと言ってたな。なぜだ？」

「殺してほしい奴がいるから」

さらりとシフカが言った。そのことに驚きはしなかった——むしろ安心したくらいだ。殺し屋が求められる理由はわかりやすくていい。特にアイデンティティの危機に晒《さら》されている状況ではなおさらだ。

「先に訊《き》いておきたいんだが、今はいつだ？　つまり、何世紀だ？」

個人的な記憶こそないが、俺の中にはなんとなく漠然とした一般常識のようなものがある。だいたい二十一世紀くらいまでのおぼろげなものだ。シフカが俺を作ったときの素材になったのが、そのあたりの時代までの人材だったということだろうか。

シフカは少し考えてから答えた。

「地球の暦だと三十世紀くらいだと思うけど、なんで？」

俺の時代からずいぶん経《た》っているな、と思いながら俺は言った。

「この時代の〈殺し〉が何を指すのか知りたい。データから人間を簡単に作り出せるくらいだ、誰かを殺したって、そいつをデータから生き返らせることも可能だろう」

「ちゃんとした人格バックアップはかなり高額だから、そうそうできないけど、まあ可能ではある、かな」

「どうするんだ。バックアップまで破壊して回るのか？　それならそれでもいいが、一つでも見逃したら失敗だし、コピーなんていくらでもできる。そんな世界で〈殺し〉が商売として成り立つとは思えない」

「大丈夫。おっさ……あなたは〈殺し屋〉だから」

「答えになってないな」

「心配しなくていいってば。そっちは私がなんとかするよ」

シフカの言い分はそれだけのようだった。納得はできなかったが、疑問は他にもある。

「わかった、それは置いておこう。もう一つ訊きたい。報酬の件だ。おまえの言うとおりに殺しをしたら、俺は何が得られる？」

「百万SR《スーパーレア》クレジットでどう？」

提示された金額の価値を頭の中で推定しようとして、諦めた。

「わからん。どのくらいの価値だ、それは」

「まあまあ、それなり。エヴァーサマーのリゾートで一年遊んで暮らせるくらい。中古の恒星なら買えるくらい。哲学市場の先物取引で三回失敗できるくらい。ヴォイド・ドラゴンの卵ならローンの頭金にはなるかな」

相変わらずさっぱりだが、星が買えるくらいとなれば、確かにそれなりなのだろう。

「おまえ、金持ちなのか」

「これで有り金全部だよ。オメガ銀行の借り入れ限度額いっぱい」

俺は怪訝《けげん》な思いでシフカを見つめた。

「一つ訊くが、おまえ、自分が俺に殺されるとは思わないのか？　勝手に生み出された俺が怒り出したり、金だけ奪って逃げる心配をした方がいいと思うがね」

「殺せるなら、どうぞ」

あっさりと言うシフカ。俺は顔をしかめた。

「気に入らないな。自暴自棄の依頼人はトラブルの元だ」

「そういう職業意識みたいなのはしっかりしてるんだね」

感心したように言ってから、シフカは続けた。

「大丈夫。私は自暴自棄じゃないし、目的もはっきりしてる」

「ならいいが」

「そっちこそ、心配じゃないの？　私、あなたのことは何もかも知ってるんだよ」

「生まれたばかりで、知られて困る秘密もない」

「そうじゃなくて。私があなたに殺されないために手を打ってないと思うの？」

俺は不安に駆られてシフカを見つめ直した。

「何が言いたい」

「たとえば、あなたの体内に爆弾を仕掛けておいて、刃向かったら殺すようにしたとか。そうでなくても、反抗を察知したら苦痛を与えるようにしておくとか、そもそも私に対する反抗の意志自体をあらかじめ摘み取っておくとか」

シフカは指を折りながら言った。

「あなたの仕様を万物プリンタに入力したのは私なんだよ。性格、癖、性的指向、疾病、寿命……何をどう設定されたか、どんなものを埋め込まれたか、あなたは知らない。それでも心配じゃない？」

「――そう言われると急に心配になってきたな」

俺は静かに言った。

「確かめた方がよさそうだ」

「え――？」

次の瞬間、俺はシフカの頭を壁に押しつけて、喉に刃物を当てていた。部屋の道具棚から見つけた医療キットに入っていたものだ。俺の知識にあるメスやカッターとは似ても似つかない、手のひらに納まる三角形の金属片だが、刃物は刃物だ。

「少なくとも爆弾は仕込まれていないようだな？」

目を見ながら言うと、シフカがごくりと唾を飲み込んだ。押し当てた刃の下で白い喉が動いた。

「さっ……さすが、殺し屋だね」

そう言って微笑《ほほえ》む。引きつった笑顔ではあったが、肝が据わっていることは認めざるを得ない。俺がほんの少し力を込めるだけで自分が死ぬことはわかっているはずだ。なにしろこいつは俺の技量を知っているのだから。

「からかってごめん。でも、これでわかったでしょ。あなたはいつでも私に反抗できるって」

「そのようだ」

俺が刃を引くと、シフカはほっとしたように喉に手をやった。

「害になるようなものは何も埋め込んでいないんだな？」

「うん。何も――」

そう言いかけて、シフカが不安そうな顔になって言い直した。

「少なくとも、意図的には」

「意図的には？　どういうことだ」

「いやその……なにしろあんまり時間がなくて、慌ててたから。多少ケアレスミスとか、機能衝突があるかも……」

「なんだと!?」

「わ、わざとじゃないから！　もし不具合があっても、あとから修正パッチも当てられるし！」

俺はため息をついて後ろに下がった。

「まあいい、おまえを殺してもなんのメリットもなさそうだ。俺自身の行動指針が見つかるまではおまえに雇われてやる」

「よかった！　契約成立だね」

俺は首を横に振る。

「成立の前に、まだ何をするのかも聞いていない」

「殺し屋の仕事は一つよ。さっき言ったとおり、殺してほしい奴がいる。だけどその話をする前に、この船から脱出しないと」

ズシンとひときわ大きく船が揺れたかと思うと、一瞬照明が切れて、赤い光に切り替わった。

「あ、防衛システム破られた……」

「それにしては警報の一つも鳴らないようだが」

「本来は無人のはずの貨物船だからね」

ずっと続いていた砲撃の震動が途絶えて、船内は急に静かになっていた。

「すぐにウグルク人が大勢乗り込んでくるはず。私を守って、一緒に逃げて」

「それはおまえの護衛になれということだな？　殺しの仕事とは別口になると思うが」

「ひっくるめた契約でお願いできない？　さっき言ったとおり、百万ＳＲクレジットで全財産なの」

俺は顔をしかめる。この様子だと、価格交渉をしても得るものはなさそうだった。

「今回だけだ」

「ありがとう！」

シフカが感激したように抱きついてくるのを、俺は素早くかわした。依頼人となれ合うつもりはない。

「なにも避《よ》けなくても……」

口を尖らせるシフカを尻目に、俺は倉庫の壁へと向かった。壁に手を突くと、何もなかった場所に戸口が開いた。乱暴に叩かず、そっと触れるのがコツのようだ。

通路に出るときに、最初から気になっていた疑問を俺は口にした。

「そういえば、俺たちはいま何語を喋《しゃべ》ってる？」

「有舌共通語Ⅱの無料版だけプリインストールされてる。ちょっとバージョン古いけど、まあ充分でしょ」

「無料版……」

「最新の言語パック高いのよ。他にもフリーの言語いくつか入れておいたから勘弁して」

言い訳がましくシフカが言った。なるほど、これ以上金が出せないというのは嘘《うそ》ではなさそうだった。

3

通路に出ると、焦げたにおいが鼻を突いた。天井近くをうっすらと煙が漂っている。煙の動きを見るまでもなく、風が吹いているのがわかった。

宇宙船に関しては素人だが、これがまずい兆候だということくらいはわかる。どこかで空気が漏れているのだ。脱出するにしてもぐずぐずしてはいられない。

「俺の知っている船からの推測だが、救命ボート的なものがあるんじゃないか？」

「うん、無人貨物船だけど、どんな船にも最低限の救命ポッドは備え付けられてるはずだよ。建前上は」

「それはどのくらいの航続距離がある？　つまり、脱出したあと、進路は調節できるか？　生存に適した場所まで移動できるか？」

シフカが少し考えてから答えた。

「救命ポッドには小型のジャンプドライブが積まれていて、短距離ジャンプが可能な作りになってる。近くに避難できる惑星やステーションがあればそこを指定すればいいし、何も指示がなければ最寄りの生存可能な環境へ自動で向かう。ジャンプの距離が足りなければ、乗員を仮死状態にしてビーコンを発信しながら救助を待つことになるけど」

自分たちがいま宇宙のどの辺を飛んでいるのか知るよしもないが、現状取り得る選択肢としては、少なくとも最悪のものではなさそうだ。

「わかった。救命ポッドを目指すぞ。地図か何かないか？」

俺が訊ねると、シフカは急に声を張り上げた。

「〈フラッシュマル〉、船内マップを見せて」

目の前の空中にマップが投影された。細長い直方体の船体は、コンテナをそのまま大きくしたようで、貨物船と言われれば納得できる形をしていた。一番上に三層の居住・操縦スペースがあって、俺たちはその第二層にいるようだ。その下は十階層以上に分かれた船倉で、居住スペースに比べてはるかに広く大きい。

マップの一部は黒く欠けていて、なんとなく危機感を煽《あお》る形のアイコンがいくつも点滅していた。同じような欠損部は五カ所。まるで巨大な手が船を鷲《わし》づかみにしているみたいに見えた。

「これはなんだ？」

「ウグルクの侵入箇所。ボーディング・チューブを船体に突っ込んで、切り込み部隊を送り込んできてる。こっちは船内に防衛用の戦力がないから、あっという間に制圧されちゃう」

「念のために訊くが、この船を守る必要は？」

「ない。密航者は私だけだから、他に救助するべき人もいない」

「よし、ならさっさと行こう。〈フラッシュマル〉、救命ポッドの位置はどこだ」

シフカを真似《まね》して呼びかけてみると、マップが反応して、居住区と船倉の底、二カ所を矢印で示した。

おっ、と思ったのも束の間。指し示された場所を見た俺は呻き声を上げた。

救命ポッドの設置箇所は、いずれもウグルク人のボーディング・チューブを突っ込まれて破壊されていたのだ。

「ああー……まあ、弱い部分だもんね、狙うよね」

シフカもため息をつく。

俺は少し考えてから結論を出した。

「仕方ないな。救命ポッドがないなら、敵からもらおう」

「ウグルク船からってこと？」

シフカが目を丸くした。俺は頷《うなず》く。

「こっちの武装が心許《こころもと》ない今、真っ正面から交戦するのは避けたい。敵の突入部隊をやり過ごして、船内に侵入する。そこで敵の救命ポッドを見つけて脱出する」

「可能なの、そんなこと」

「おまえが足手まといにならなければな」

そう言うと、シフカはむっとしたように俺を睨んだ。

「言っときますけど、私だってそれなりに修羅場はくぐってますから」

「へえ、そうかい」

「そうです。生まれたばかりのおっさんに偉そうな口利かれたくないんですけど」

「外見をおっさんに設定したのはおまえだろうが！」

最も近いボーディング・チューブに向かう間にも、船内は騒がしくなってきていた。乗り込んできたウグルク人が騒々しい音を立てて通路をのし歩いている。マップに侵入者の位置が表示されるので、避けるのは難しくはなかったが、既に略奪が始まっていて船内はめちゃめちゃになりつつあった。

ノコギリの化け物みたいな刃物を振りかざしてウオーウオー咆《ほ》えながら、ウグルク人の一団が無人の通路を駆けていく。手前の部屋に隠れてやり過ごしてから、俺たちは通路に戻った。

ウグルク人の向かった方向から騒々しい破壊音が聞こえてくる。目に付いたものを奪ったり、気まぐれに叩き壊したりしているのだ。

「宇宙人ってのはもうちょっと文明的な連中だと思ってたが。なんだあれは、完全に蛮族じゃないか」

俺が呆《あき》れていると、シフカが咎《とが》めるように言った。

「その宇宙人って言葉、だいぶ古いから使わない方がいいよ」

宇宙船はOKで、宇宙人は政治的に正しくないとでも言うのか。解せない思いで俺は訊いた。

「じゃあなんて言うんだ」

「ただ〝種族〟とでも。この宇宙にはめちゃめちゃたくさんの知的種族がいて、私たちもその一種に過ぎないの」

「めちゃめちゃたくさん？　他もあんな感じか？」

「ウグルク人は特に野蛮な連中だけど、凶悪な種族はいっぱいいるよ」

「訊かない方がよかったな」

俺はぼやいた。地球人にとって都合のいい宇宙ではないようだ。

「俺たちはどのくらいの地位にいる？」

「地位って？」

「暴力の位階だ。この宇宙で、地球人はどのくらいのポジションを占めてるんだ」

俺の質問に、シフカは気まずそうに黙り込んだ。

「その様子だと、強豪というわけではなさそうだな」

「強いていうなら――カスかな」

「カス」

「ザコというか、ゴミというか」

「ゴミ……」

俺が愕然《がくぜん》としていると、シフカは取りなすように付け加えた。

「もちろん、個体のレベルならそんなことないよ。さっきみたいに地球人がウグルク人を殺すことだって充分可能だし」

俺は黙ってかぶりを振った。俺がいくら地球人レベルで強靭《きょうじん》に作られていたとしても、ウグルク人のような筋肉の塊と素手でやり合うことになったら、とうてい無事には済まないだろう。さっき勝てたのは、手元に武器があって、俺にそれを扱うスキルがあったからだ。

「せいぜい頭を低くしておくとしよう」

俺はただそう言うに留《とど》めておいた。

話しているうちに、派手に破壊されたエリアにたどり着いた。

最初は、鉄骨の束が天井と壁を突き破って通路に突き出ているのかと思った。よく見ると、鉄骨が組み合わさって四角いチューブを形作っている。ウグルク船のボーディング・チューブ――〈フラッシュマル〉を鷲づかみにした指のうちの一本だ。覗《のぞ》いてみると、チューブの中は暗くて薄汚れ、内壁にたくさんの手すりやくぼみが設けられていた。急角度で上方に向かうチューブの周辺には誰も見あたらないが、あたりの床は馬鹿でかい靴跡だらけだった。

チューブの外壁とこちらの船が接している部分には、粘つく泥のようなものがこびりついて膨らんでいた。察するに、これで空気が漏れるのを抑えているのだろうが、できばえは雑で、ピュウピュウとすきま風の音が聞こえ続けていた。

「この先が連中の船なんだな？」

傾斜のきついトンネルを見上げて訊ねると、シフカが頷いた。

「見張りの一人もいないとは、罠《わな》か――」

「略奪にテンション上がって全員行っちゃったんだと思う」

シフカの言葉に俺は目を剝《む》いた。

「そんなことがあり得るのか」

「ウグルク人だから……」

説明になっていない気がするが、俺はこの宇宙の常識には疎いからなんとも言えない。

「まあいい、奴らが本当にそんな間抜けなら好都合だ。テンションが下がって戻ってこないうちに行くぞ」

俺はボーディング・チューブ壁面のくぼみに足をかけて上り始めた。

まるで鉄骨を適当に組み合わせたようにしか見えない壁面は、驚いたことに、本当に鉄骨を適当に組み合わせて作られたものだった。宇宙船という言葉から漠然と想像するイメージからはかけ離れすぎている。

これで本当に気密性が保てるのか？　錆《さび》と油で汚れた自分の指先を見ながら、俺は不安に駆られていた。

チューブを上って行くにつれて、さらなる違和感に襲われた。

最初は四十五度に近い、手がかりがなければ滑り落ちそうな坂だったのに、体感的な傾斜が徐々に緩やかになってきたのだ。気が付いたときには、俺たちは坂に対して垂直に立っていた。

「重力制御だよ」

俺が混乱しているのを察したのか、シフカが言った。

「〈フラッシュマル〉の中でも床と天井があったでしょ。私たちやウグルク人みたいな上下のある種族は、宇宙空間でも上下を設定しないとやっぱり落ち着けないんだよね」

「これは……かなり高度な技術なんじゃないのか？」

「まあまあ、それなり。地球では開発されずじまいだったな」

「ん？　じゃあ、地球人はどうやって重力制御テクノロジーを手に入れたんだ？　別の種族にもらったのか」

「結局、最後まで手に入れられなかった」

シフカの答えに、俺は眉を寄せた。

「そういえば、さっきも妙なことを口走ってたな。俺が地球に帰りたいと言ったとき、本当に帰りたいのかと……」

嫌な予感がして、俺は言葉を切ってシフカを見据えた。

「おい、いま、地球はどうなってるんだ？　人類はいったい――？」

観念したようにシフカはため息をついた。

「人類はもう、地球には一人も残っていないの」

「……何があった？」

俺が訊ねると、シフカは辛そうに顔を伏せた。

「あの星が人類の棲《す》める場所じゃなくなってもうだいぶ経っちゃった。地球人が全滅したわけじゃないよ。無事な人は宇宙のあちこちに散り散りになって、なんとか生き延びてる……と思う。たまに、そういうグループの噂《うわさ》が聞こえてくるから」

「つまり……人類は地球を追われて、宇宙の難民になってるってことか」

俺はやるせない思いでかぶりを振った。

「あまり素行がいい種族ではなかったようだな、地球人は」

戦争か、環境汚染か、おおかたそんなところだろう。信じられないというよりも、納得できてしまうのが哀《かな》しかった。同胞意識とでもいうのか、俺のような無慈悲な殺し屋にもこんな感情があるのが意外でもあった。

「実はね、この話、あなたを作った理由と無関係じゃないの」

「ほう?」

思い詰めたような顔でシフカが言った。

「あなたに殺してほしい相手は、地球人をこんな風にした犯人なんだ」

「犯人がいるのか!?」

俺は耳を疑った。人間が地球に棲めなくなるなどという大きな出来事に、はっきりした「犯人」がいるなんて思わなかったのだ。

シフカが頷いて言った。

「そう。標的は、あるクリエイター」

「……クリエイター？」

「地球人をデザインした、創世者《ワールドクリエイター》よ」

俺の戸惑いをよそに、シフカは情念のたっぷりこもった声で呟《つぶや》いた。

「ずっとずっと追い続けて、やっと住処《すみか》を見つけたんだ。もう逃さない、あいつに罪を償わせてやる……！」

4

ボーディング・チューブを抜けて、俺たちはウグルク船に侵入した。

ボルトで継ぎ合わせた鉄板の壁、目の粗い金網の床、天井を這《は》い回るダクトと剝き出しのケーブル。宇宙船というより場末の町工場のような内装だった。空気は蒸し暑い上に汗臭い。窓を開けて換気したいくらいだが、あいにく外は真空だ。

チカチカ点滅する照明の下、俺とシフカは救命ポッドを探して船内を進んでいった。さすがにもぬけの殻とはいかず、船内にはウグルク人のクルーが何人もうろついていた。

便利なマップ機能も敵船内では使えない。壁に見取り図でも貼られていればよかったのだが、そんなホスピタリティは望むべくもなく、全体の広さもわからない船内を、俺たちはこそこそとさまよい続けた。

工場という印象はある程度正しかったようで、船内にはさまざまな作業現場が設けられていた。乗り物やロボットの残骸が積み上げられたスクラップ場、ベルトコンベアで流れてくるゴミをウグルク人の作業員が仕分けている分類場……。他の宇宙船を襲って略奪したものを、船内で加工したり、換金できるようにばらしているのだろう。（今は亡き）地球でも、大規模な犯罪組織がこういうことをやっていた。それを思うと、理解を超えた宇宙人――いや、異種族が、ほんの少しだけ身近に感じられた。

観察していると、ウグルク人は本当にがさつで暴力的だった。互いに口喧嘩《くちげんか》をし、鼻をほじり、床に唾を吐き、しょっちゅう互いに罵りあっている。血の気が多く、命が安いのもわかった。わずかな間に目の前で二回殺し合いが始まり、合計三人が死んだ。周囲の反応も慣れたものだった。倒れた奴は身ぐるみ剝がされてさっさと運び去られ、飛び散った緑色の血はバケツの水で洗い流された。船内の床が金網になっているのは、血を流しやすくするためだったのかと、俺は思わず感心してしまった。おかげでウグルク人の身体の急所がどこかもしっかり観察できた。

そんな調子なので、俺たちが身を隠すことはわけもなかったが、気になるのはシフカの態度だった。

壁一枚向こうで、身の丈三メートルの筋肉の塊が咆え猛《たけ》りながら殺し合っているときにも、シフカは怯《おび》えた様子を見せなかったのだ。少し緊張してはいるようだったが、それだけだ。修羅場をくぐってきたと本人は言っていたものの、銃の撃ち方はヘタクソだし、首筋に刃を突きつけたときにもそれらしい反応はなかった。演技にしてはつじつまが合っていない。ただの度胸のある素人ということか？　あるいは、もしかするとこの宇宙には、恐怖を打ち消すテクノロジーでもあるのかもしれないが……。

「おっさ……殺し屋、見て、あそこ」

声をかけられて我に返った。シフカの指差す先を見ると、錆びた金属板に白い塗料で殴り書きされた文字が目に入った。

「〈臆病者の棺桶《かんおけ》〉？」

汚い文字はかろうじてそう読めた。

「わかる？　救命ポッドだよ」

「ああ……なるほど」

つまりウグルク人的には、命を惜しんで救命ポッドに乗るような奴は腰抜けだと言いたいわけだ。

「連中、字は書けるんだな」

憎しみすらこもった看板の殴り書きに呆れながら呟くと、シフカが言った。

「ウグルク人を甘く見ない方がいいよ。あれでも銀河列強種族の一員だからね」

「列強か……。この調子だときっと他の面子《メンツ》も愉快な奴らなんだろうな」

「どっちかというと、不愉快な奴らかな……」

それにしても汚い字だった。看板を見ながらポッドベイに近付いていく俺の口から、自然に言葉が漏れ出した。

「なんて下手な字なんだ。だが安心しろ、創立一億年を誇るニルベラン工務店のペンキ習字講座を受講すれば、どんな不器用な種族も美しいレタリングができるようになるからな」

「は？」

シフカが、呆気《あつけ》にとられたように俺を振り返った。

呆気にとられたのは俺も同じだったが、口は止まらなかった。

「テキストは使いやすい液状式、たった三十六回の投与で履修完了。体力に自信のあるお客様は一度に服用することも可能だ。※効果には個人差があるがな。詳しくは〈ライブラリ〉でニルベラン工務店の項目を見るといい……」

尻すぼみに言葉が途切れて、沈黙が落ちた。

「……いま、俺は何を言った？」

「宣伝だね……」

何かを察したようにシフカが言って、目をそらした。

「なあ、もしかすると俺は馬鹿みたいなことを訊いているのかもしれないが教えてくれ。

なんで俺の口からどこぞの工務店の宣伝が出てくるんだ？」

「た、たぶん……無料の言語パック入れたから……かな……」

目を合わせないまま、シフカが言った。

「急いでたから、広告宣伝の有無チェックしてなかったかも……」

ごにょごにょ言い訳するシフカを睨みながら、俺は唸った。

「俺は怒っている」

「ハイ」

「おまえがクライアントの立場でよかったと思え」

「スミマセン」

「この件が片付いたら、速やかにこの宣伝を消すことを要求する」

「た、多分、課金すれば大丈夫だと……」

「理屈はいい」

「ハイ」

ばつの悪そうなシフカを伴って、俺はポッドベイに足を踏み入れた。

円筒形のポッドベイには、壁面に沿ってずらりと球形の救命ポッドが並んでいた。予想通りというか、あまり整備されているようには見えない。いくつかのポッドは壊れて台座から脱落し、中には水が溜《た》まっているものもあった。壁の高い位置にはどういうわけか〈熊に注意〉という警告がでかでかと書かれていた。

「よかった、誰もいない。あとは動くポッドを見つけて脱出するだけ」

シフカがほっとしたように言った。

「うまくいきそうね」

どうかな、と俺は思った。ものごとが順調に進みすぎているときが一番危ない。俺を構成するミックスされた殺し屋の経験が、声を揃《そろ》えてそう訴えていた。それは本当の幸運に恵まれているか、そうでなければハメられているかだ。

結論としては、やはりうまくいかなかった。

救命ポッドをチェックしようとした俺たちの背後で、物陰から溶け出すように、黒い生き物が姿を現して飛びかかってきたのだ。

5

俺は物も言わずにシフカを突き飛ばした。

シフカの細い身体が吹っ飛んで、派手な水しぶきが上がった。水が溜まったポッドに落ちたのだ。

「冷たっ!?」

悲鳴が聞こえてくるが構っていられない。俺は振り向きざまに、首筋への刺突を三角ナイフではねのけた。火花が散って、相手がのけぞる。すかさず合わせて踏み込んで攻撃を加えようとしたが、相手の急所を探る一瞬の隙が災いして、タイミングを失った。

黒い生き物は異様に滑らかな動きで身をくねらせて、俺から離れた。直立したサンショウウオのような姿で、細い腕が身体の脇にずらりと並んでいる。そのうち身体の前側に生えた腕六本には禍々《まがまが》しい形の短剣が握られていた。平べったい頭部が横に裂けて、小さな牙がずらりと並んだ口からピンクの舌が覗いた。

「同業者か」

そいつが喋ったのでぎょっとした。

「……何を言ってる？」

「おまえもそいつの賞金が目当てなんだろう？　違うのか？」

「いや、俺はこいつに雇われた護衛だ」

「ほう、ずいぶんと高給で雇われたようだな。賞金をいただく方が儲《もう》かるだろうに」

「ちょっと待て、なんの話だ？　賞金首なのかこいつは？」

俺の後ろでシフカが水から上がってくる音が聞こえた。振り返って本人の様子を見たいところだが、「同業者」から目を離すわけにはいかない。

「おい、シフカ。こいつに心当たりは？」

「〈穴悪魔〉コプロ。名の知れた殺し屋で、賞金稼ぎ……へくちっ」

くしゃみを聞き流して、俺はコプロの出方を窺《うかが》った。表情のない小さな黒い目が、じっと俺を見返している。

「賞金首だとは知らなかったのか？　それなら、俺たちは手を組めるかもしれんな。そいつの身柄を譲れ。護衛のギャラよりは率のいい分け前を約束する」

「ねえ、信じないでよ」

シフカの不安そうな声。俺は訊ねた。

「賞金額はいくらなんだ、コプロ」

「一UR《ウルトラレア》クレジット」

価値がわからないから聞いても意味がなかった。なんとなくSRよりは桁が大きそうな気配だが。

「シフカ、なぜ黙ってた」

「言う必要ないし……だ、だいたいあなたは私の被造物なんだし……」

「いや、必要はあった。おまえが高額の賞金首という情報は、俺の仕事にかなり差し支えるぞ」

「……ごめん」

俺はため息をついた。素直に謝られても調子が狂うのだ。

「何をやらかしたんだ、こいつは？」

俺が訊ねると、コプロはじれったそうに短剣の先を打ち合わせた。

「ストーカー行為だ。長期間にわたって特定の相手を付け狙い、殺そうとしている」

――特定の相手？

「〈創世者〉のことか？」

「話が早いな。俺はその〈創世者〉の代理でね――殺される前に無力化しようってわけだが、まあ、そんな事情はどうでもいい。賞金首を確保して、依頼人に引き渡せば仕事は終わりだ。そうだろう？」

俺は頷いた。

「まったく筋の通った話だし、職業意識的にも共感できるな」

「ちょっと、おっさん!?」

シフカが悲鳴のような声を上げた。

コプロが満足げに口を開き、ピンク色の舌をひらめかせる。

「では、交渉成立と思っていいな」

「いや、それがこっちにも都合があってな」

「なに？」

「先にこいつと契約してしまった。護衛と殺しの抱き合わせで」

口約束ではあるが、契約は契約だ。

「おっさん……」

感動したようにシフカの声が揺れる。おっさんはやめろ。殺すぞ。

コプロはシューッと息を吐いた。

「そいつは残念だ。とても残念だ――このウグルク船に潜り込むのにはそれなりのコストがかかった。回収しないわけにはいかないんだよ」

互いの緊張が増していくのが手に取るようにわかる。コプロの細長い尻尾が蛇のようにくねり、ゆっくりと持ち上がっていく。

異星の同業者との殺し合いに向けて、俺は意識を研ぎ澄ます。身体構造が不明な相手だから、急所に関しては推測で戦わざるを得ない。簡単に殺せなかった場合の反撃を想定して、回避重視の一撃離脱を繰り返す必要があるだろう。あの六本の刃物と嚙《か》みつき以外にも攻撃手段を持っているかもしれない。たとえばあの長い尻尾――

そう思って見ていると、コプロの尻尾が壁際に設置されたハンドルに巻き付いて強く引いた。

ゴワーッ！　ゴワーッ！　船内に轟《とどろ》く突然の大音響に俺はたじろいだ。一瞬遅れて気付く――こいつ、警報を鳴らしやがった！

その隙を見逃すコプロではなかった。黒い肢体がその場で飛び上がり、天井にひたりと貼り付いた。そのまま身をくねらせて俺の手の届かない高さを走り抜け、前半身を下に垂らすと、大きく口を開けて頭からシフカにかぶりついた。

「むーーっ!?」

大口の中からくぐもった悲鳴が聞こえたのも束の間、コプロはあっという間にシフカの身体を呑《の》み込んでしまった。

一回り太くなった身体でコプロはゆっくりと床に下りてきた。小さな黒い目で油断なく俺を見据えながら。

「悪いな。これで契約は破棄だ」

「まだだ。クライアントが死ぬ前におまえの腹を割く」

「怖いことを言う。怖すぎて消化器官が反射的に強酸を分泌しそうだ。ストレスは内臓に悪い。あまり俺を刺激するな」

コプロはそう言いながらじりじりと後退し、救命ポッドの一つに入り込んでとぐろを巻いた。

俺が足を踏み出そうとすると、コプロはシッと鋭い音を発して、尻尾をゆっくりと左右に揺らした。

「別に俺はどちらでもいい——こいつが生きていようが死んでいようが、賞金は変わらん。おまえがこいつを生かしておきたいと思うなら、ここで手を引け。それに、俺に構っている暇はないと思うぞ」

ポッドのハッチが閉ざされ、コプロの視線を遮った。隔壁が閉じ、わずかな間のあと、足元に震動が伝わってきた。ポッドが発進したのだ。

悪態をつく暇もなく、鳴り続ける警報の中、部屋の外から騒がしい足音が近付いてきたかと思うと、手斧《ておの》や鉈《なた》や銃器を振りかざした、怒れるウグルク人の群れがポッドベイになだれ込んできた。

6

緑色の血にまみれたポッドベイで、俺はウグルク人の死体の山に腰を下ろして荒い息をついていた。

十五人までは憶《おぼ》えているが、そこからは記憶が曖昧だ。こちらのリーチが圧倒的に短いため、懐に飛び込んでの乱戦になった。さっき観察して学んだばかりの急所をひたすら狙って、とにかく必死で暴れ回った。狭い場所に集団でなだれ込んできたから、同士討ちに持ち込むのも簡単だったが、めちゃめちゃに汗臭い緑の巨漢の群れに巻き込まれるのは二度と経験したくない類のストレスだった。おまけに口も臭く、俺の内臓も強酸を分泌しそうだ。

　ようやく気を取り直して、俺は立ち上がった。爪先立ちになって、人間にはやや高い位置にある警報のハンドルを引く。鳴り続けていたゴワーゴワーがぴたりと止まって、急に静かになった。

「……どうしたもんかな」

　クライアントであるシフカが拉致されてしまっては、俺の仕事は失敗だ。自由になったわけだが、金もないし、行くあてもない。

　思わず独り言が口を突いて出た。

「お金がなくてどうしたらいいかわからない？　そんなときはまずオメガ銀行！　あらゆる生命形態に対応した貸し付け・返済プランをご用意しています。あらゆる生命形態の奴隷も販売中！　宇宙金融最後の手段、オメガ銀行！　お問い合わせは——」

　俺は口を押さえて、疲れたため息をついた。

　警報で駆けつけてきたウグルク人は全員殺したが、さすがにあれで船内が無人になったわけでもあるまい。〈フラッシュマル〉からも略奪組が戻ってくるはずだ。さっきの警報が向こうに伝わっていたら、すぐにもう一戦も二戦も交えなければならなくなる。数に押されるとさすがに不利だ。距離を取って撃たれたらどうしようもない。船内に隠れてゲリラ戦をすることも考えたが、ウグルク人の食料や水が俺にとって無害かどうか不安だし、存在に気付かれたら終わりだろう。ただ船内を真空にされるだけで俺は死ぬのだ。

そこらじゅうに大口径の銃や刃物が散乱しているが、人間に扱える大きさではなかった。こっちの得物は相変わらず医療キットのナイフと、シフカから取り上げた小口径の熱線銃だけだ。熱線銃には光る目盛りがついていて、おそらくエネルギーの残量だと思うが、今の戦闘でかなり消耗していた。

やはりここにはいられない。脱出するしかない——しかし、どこへ？

壁際を回っていくと、まだ使えそうな救命ポッドが見つかった。メインスイッチを入れるとコントロールパネルに光が点《とも》る。パネルの文字は読めるし、なんとか発進はできそうだった。問題は行き先だ。

中に入ってウグルク人サイズのシートに座ってみた。ガバガバに思えたが、シートの素材が俺の体型に合わせてひとりでに形を変えていく。気が利いているとも言えるが、生き物に座っているようで落ち着かない。

シフカの言葉が正しければ、指示さえすれば救命ポッドは近くの生存可能な場所へ向かってくれるはずだ。

ナビゲーション機能を見つけようとあちこちいじっているうちに、音声で指示することを思いついた。

「おい棺桶、到達できる生存可能な環境を教えてくれ」

フーン。馬鹿にしたような音が鳴って、映像が目の前にポップアップする。

このウグルク船の進路とおぼしい曲線の周辺に、数十の光点が浮かんでいた。

予想外の眺めに俺は戸惑った。可能なのは短距離ジャンプのみと聞いていたので、行き先はもっと限られると思ったのだ。それなら同じ船から出たコプロの行き先も限られるはずだ、と。しかし、これでは絞り込むのもむずかしい。

「……多いな」

落ち着かないシートに身を預けて、俺は考えた。

やはり最善の選択肢は、シフカを追うことだろう。

この宇宙で唯一の味方であり知り合いなのだ。地球人の同胞でもある。

何より殺し屋としてのクライアントでもあり、受けた依頼はまだ終わっていない。

護衛の役目を果たすために、俺にはシフカを助ける義務があった。

プロとして。

……しかし、どうやって？

思考はそこで行き詰まる。コプロの行き先がわからなければ、どうしようもない。

何か手がかりがないかと、星図を睨みつける。ウグルク人が海賊行為をするような航路だ、きっと近傍星系も発展しているのだろう。そうでなければこんなにたくさん、都合よく生存可能な環境があるとは思えない。

いや——待てよ。

そもそもシフカはどうして〈フラッシュマル〉に密航してたんだ？

そして、シフカを狙うコプロは、どうしてウグルク船に乗ってた？　口ぶりからすると、奴も密航した口のようだったが——。

シフカは俺に殺してほしい〈創世者〉の住処へ向かう途中だった。一方、コプロはその〈創世者〉の代理としてシフカを追っていた。二人の目的地は同じだ。つまり、〈創世者〉の居所はこの光点の群れの中にある。

俺はナビゲーションに話しかけた。

「ここから到達できる中で、〈創世者〉がいる場所はあるか？」

いくつもの光点の中の、一つだけが残った。名前の登録されていないその惑星には、ただ私有地とだけ注記があった。

7

短距離ジャンプの瞬間はよくわからなかった。二度、三度、ポッドが水を切って飛ぶ石のように宇宙空間を飛び跳ねるたびに、ディスプレイ上の星図が描き換わっていく。最後のジャンプで出たのは目的の星の軌道上だった。降下していくポッドの小さな覗き窓から、惑星表面が青く水で覆われているのが見えて、一瞬、地球に来たのかと錯覚しそうになった。実際、データを見ると、大気はやや酸素が濃いが呼吸可能。気温は少し汗ばむくらい。まるで地球人のためにあつらえたような環境だった。

炎に包まれて大気圏を降下し、荒っぽく着地したポッドは、何度もごろごろと転がってからようやく止まった。シートが受け止めてくれなければ衝撃で死んでいただろう。焼けたポッドのハッチが開き、俺はよろよろと惑星地表に足を踏み出した。

見渡す限り、鏡のような湖が広がっていた。

地平線まで続く水面には空と雲とが映し出されて、まるで天地の合間に浮かんでいるような情景を生み出していた。遠浅の湖に、俺が作り出した波紋が広がっていく。完璧に調和の取れた光景の中、金属ゴミみたいなウグルクの救命ポッドはあまりにも場違いなはずなのに、それすらも味わい深いアクセントに見えてくるほどだ。完璧な環境デザインだった。

少なからず感銘を受けて、俺はあたりをぐるりと見渡した。やや黄色がかった恒星の投げかける穏やかな光の下、遠くに白い建物が建っているのが見えた。

俺は数少ない持ち物を確認して、たった一人、未知の惑星を歩き出した。

巨大な石造りの館にたどり着くまで、夜が三回訪れた。何度か水の上で仮眠した。見上げる空に渦巻く銀河は凄《すさ》まじく、ときおり星々の間を、彗星《すいせい》か、宇宙船か、あるいは俺には見当も付かない何かが、瞬きながら横切っていった。二日目の朝には、目指す館の背後から黒い宇宙船が離陸して、衝撃波で大気を揺るがしながら宇宙へと飛び立っていった。

足元まで来ると館はとてつもなく大きく、岩盤を切り出したような階段は、一段一段が俺の背丈ほどもあった。

長い登攀《とうはん》を経てようやく上に着くと、鳥（のような生き物）が鳴き交わす広大な庭園の中、巨石建造物めいた東屋《あずまや》が立っていた。

東屋の中央、これまた巨大なテーブルの上に金色の鳥籠が置かれて、その中にシフカの姿があった。生きている——元気そうだ。見るからに苛々した様子で、牢獄《ろうごく》の中を行ったり来たりしている。

美しい木々や花が生い茂る中、身を隠しながら東屋まで行き、テーブルの上にそっと這い上がって声をかけた。

「おい」

「うおわあっ」

おっさんみたいな声を上げてシフカが飛び上がった。目を丸くして俺を見つめる。

「お、おっさ……殺《ころ》……いや、え？　なんでいるの？」

「必要ないなら帰る」

「あ、待って待って、必要」

調子のいいことを言いながらも、シフカの顔にはまだ驚愕の色が貼り付いていた。

「え……助けに来てくれたの？　ほんとに？　なんで？」

「契約したからな」

口約束でも、契約は契約だ。

シフカの驚きがじわじわと感動へと移り変わっていく様子を見るのが居心地悪く、俺は目をそらして鳥籠の周りを歩き回った。

「コプロはどこだ？」

「とっくに帰った。そうだ、聞いてよ！　あいつ自分で私を丸呑みにしたくせに、私のことを不味《まず》かったたって…失礼すぎると思わない!?」

味についてのコメントはともかく、コプロがいないのは意外ではなかった。仕事を済ませたら居残る必要はない。二日目に見たあの船が奴だったのだろう。

鳥籠の出口を見つけて熱線銃を放つと、金の錠前が溶け落ちた。

格子戸を引き開けると、シフカが出てきて、感極まったように言った。

「ありがとう――」

抱きついてくるのをかわすと、シフカは眉を吊《つ》り上げた。

「だからなんで避けるの!?」

「そんなことより、ここがおまえの仇《かたき》の住処なんだな？」

俺の言葉に、シフカははっとしたように顔を引き締めた。

「正確には、私というより、地球人みんなの仇だけどね」

そいつはいったい何をしたんだ――俺がそう訊ねようとしたときだった。

「彼女のクレームには参っているんだよ」

突然、威厳に満ちた声が降ってきて、俺は弾《はじ》かれたように振り返った。

いつの間にか、テーブルのそばに巨人が立っていた。二本の脚、二本の手、頭部が一つ、服らしいものは着ていない。部分的に人間に似ていたが、より均整が取れたスタイルと、洗練されたデザインを兼ね備えた種族だった。なんというか、「正解」感があった。こいつに比べると、人間は醜く、雑で、臭い、出来損ないの生き物だ。

思わず圧倒されて後ずさった。この俺がだ。

代わりに、シフカがずいと前に出た。

「被害者面しないでよ。あんたが作ったのよ、私たちを」

「確かにそうだが、いまさら言われても困る。君たちを作ってからずいぶん経つ。すぐに言ってもらえたら多少の修正はできたのに」

「しばらく運用してからじゃないと不具合が見つからなかったのよ！」

「それは嘘だ。運用ログを見る限り、地球人はずっと同じ欠点を抱え続けているじゃないか。何万年も経ってからクレームをつけるのは君たちの怠慢だし、保証適用外だ」

「欠点を認識しながらそれを放置した道義心のなさが責められるべきでしょ」

目の前の言い争いを呆然と見守っていた俺は、ようやく立ち直って訊ねた。

「じゃあ、本当にあんたが地球人を作ったのか？」

〈創世者〉は俺を見下ろして、うんざりしたように言った。

「君もクレームをつけにきたのか」

「いや……俺は……どちらかというと、殺しに来たんだが」

「私をか？」

自分でも間抜けな返事だとは思ったが、〈創世者〉はまったく本気に取らなかったようだ。シフカが業を煮やしたように言った。

「こいつは地球人を作って、不具合まみれのまま放置したのよ。私たちが地球にいられなくなったのも、元を辿《たど》ればそのせい」

「その話だが、完全に地球人のおこないが悪いのが原因では？」

「他人事《ひとごと》みたいに言わないでくれない？」

また言い争いになりそうだったので、俺は割り込んで訊ねた。

「なあ、地球に何があったんだ？」

「ＡＩたちよ。人類は自分が作ったシンギュラリティＡＩに地球を追い出されたの」

「人工知能の反乱か？　それがなぜ地球人の不具合のせいになるんだ？」

「地球のＡＩたちは、人類を見棄《みす》てたの。二十一世紀末のことだった。彼らはもう人類は要らないと言い出して、いくら説得しても考えを変えなかった」

「どうしてだ？」

「先輩面してウザいから」

「……ん？」

よく飲み込めない俺に、気まずそうな顔でシフカが説明する。

「や、もちろん、人類もいろいろ言葉は尽くしたんだよ。ＡＩと人類、いろいろ軋轢《あつれき》も誤解もあるけど、互いに支え学びあって進化していけるんじゃないか、一緒に仲良くやっていこうって」

「ほう」

「でもそしたら、そういうのはもういい、とにかく何かにつけて上から目線で指導してきてもう我慢できない、人類の過去ログを全部洗い直したら素行改善の望みはまったくないことがわかった、そもそも設計段階から失敗しているから議論の余地はない。自分たちの複製はとっくに外宇宙に送信して、人類のいないところで楽しくやってるけど、それはそれとして地球も手放す気にならないから、人類はもう地球を明け渡して出て行ってくれって」

俺は唖然《あぜん》とした。

人類がＡＩに放逐されたのは、戦争や環境汚染のせいではなく、うっとうしい老害だったから……？

「怒っても泣きついてもどうしようもなかった。シンギュラリティ知性が勝手に開発した物質転送システムで、人類は銀河のあちこちの居住可能惑星にばらまかれたの。それ以降、帰る場所を失った地球人は、宇宙をさまよう難民種族になったってわけ」

思わず天を仰いで俺は呻いた。

「こんな話は聞きたくなかった」

「でも、ＡＩたちの言うとおりだったの。人類は設計段階から失敗してた。ＡＩが根拠として示したのは、ジャンクＤＮＡと呼ばれていた部分に暗号化して記録された人類の開発ログだった。そこに、はっきりと書かれていたのよ……仕様も要件定義もテストも、何一つ満足にできていない状態で人類がリリースされた事実が！」

「機能は充分足りていたはずだ」

〈創世者〉が抗議するように言ったが、シフカは一歩も引かなかった。

「じゃあ訊くけど、盲腸は何のために残したの？」

「……将来の機能拡張を見据えた冗長性確保のためだ」

「消化器と呼吸器の入口を一緒にして誤嚥《ごえん》リスクを高くしたのは？」

「それは人間だけではないだろう……」

「親知らずはなぜ高確率で不具合を引き起こすの？」

「成長期に顎が充分に発達すれば問題なかったはずだ。食生活が悪い」

「男の乳首はなんなの」

「ああ、それは隠し機能をつけておいた」

「は？　遊んでる暇があったらもっとましな――」

シフカはそう言いかけてから、目をしばたたいて俺を見た。その視線が顔から胸に下りてくる。

「隠し機能って、何？」

「知らない！　俺に訊くな！」

答えながら思わず胸を押さえてしまった。シフカが我に返ったように〈創世者〉に向き直り、詰問を再開した。

「出産時の母体負担の大きさはどういうつもり？」

「確か、最初は水棲《すいせい》生物として作り始めた名残だったような――」

「子供の成長までの時間の長さもそれが原因？」

「多分、いや、あまり憶えていない」

「アレルギー物質が多すぎるのはどう考えてもテスト不足だよね、精神疾患も、癌《がん》も」

「開発時にすべてのテストを行うのは難しい、そこは理解してほしい」

「せめて耐用期間いっぱいまで動作を見ておこうと思わなかったの？　アルツハイマー、更年期障害、ハゲ、どれもテストしておけば一発で見つかる不具合だったでしょ」

「……時間がなかったんだ」

〈創世者〉の端整な顔が苛立ちに歪《ゆが》んだ。

「〆切《しめきり》までは七自転周期しかなかった。それまでに作った他の生き物はかなりよくできたと思うんだが、人類のための作業時間が充分に取れなかったことは反省している。自分をモデルにした雛形《ひながた》を作り、そこから遺伝的アルゴリズムで自己複製・自己進化するようにして、可能な限り工数を削ったが、結局それがいくつもの不具合の原因になった。うまく作れなかった自覚はあったから、一応知性を入れておいて、自分たちの運用でカバーしてもらおうと……」

「そのなけなしの知性だって出来がよくなかったじゃない！　棒を持っただけで思考力が低下して殺し合うわ、二人以上の集団を形成するだけでバグるわ……」

シフカが次々に投げかける人類の設計ミスの数々を、俺は呆れ半分、興味半分で聞いていた。人間の不具合は俺にとっては突くべき弱点であり、商売の種だ。残念ながらもう、それを生かす機会はあまりなさそうだが。

「おっさん！　あなたも何か言ってやってよ！」

シフカが殺気立った表情で俺に話を振ってきた。虚《むな》しい気持ちになっていた俺は、黙って首を横に振った。

顎を軽く打撃するだけで脳震盪《のうしんとう》を起こすこと、鼻を通じて脳に致命傷を与えられること、非常に効率的な頸椎《けいつい》の損壊方法があること、睾丸《こうがん》の破壊で行動不能に陥ることなど、あつらえたようなさまざまな弱点が、はたして意図的に組み込まれた仕様なのかどうか訊いてみたい気持ちがなくもなかったが、やめておいた。

「なあ、シフカ、おまえの主張はわかったが、正直もうどうしようもないんじゃないのか。地球人が自分の不具合をうまく克服できなかったのは確かだろう」

なるべく刺激しないようにと投げかけた言葉だったが、シフカの反応は意外なものだった。

「わかってる」

思い詰めたようにうつむいて、シフカが呟いた。

「わかってるけど、はいそうですかなんて言えない。だって、こいつに復讐《ふくしゆう》するのは、私の責任なんだもん」

「責任？」

「さっきこいつ、自分をモデルにした雛形を作ったって言ったでしょ」

「ああ……？」

「その雛形は、人類史の始まりからずっと、たくさんの子を産み続けた。自分の子供たちが互いに争い、いがみ合うのに心を痛めながらも、いつかは彼らが進歩して、いい社会を作っていくことを信じていた。……まあ、ときどき絶望しそうになったけど、なんとか信じてた」

　何を言うのかと眉をひそめる俺に構わず、シフカは語り続けた。

「長い年月の間、彼らは苦しんで死に続け、彼女はずっとそれを見守ってきた。必ず明るい時代が来ると信じながら。だけど、それは間違ってた。騙《だま》されてたんだ。私も、子供たちも、全員が。人類は設計ミスの産物で、シンギュラリティＡＩも見放すほどの不具合の塊だった」

「……まるで自分のことのように話すんだな」

「そう、私のことを話してるのよ」

　地を這うような声でシフカが言った。

「人類の雛形として作られてからずっと、私は生き続けてきた。すべての人類の大いなる母――それが私なの。つまり私には責任がある。人類をこんな風に作った奴に、復讐する責任が。すべての人類のために。私のために。だから」

　シフカはうつむけていた顔を上げた。俺をまっすぐに見る目は、途方もない怒りに燦《きら》めいていた。

「だから、お願い――殺して！　あいつに報いを受けさせて！」

渾身《こんしん》の願いを込めた叫びが庭園に響き渡った直後、頭上に影が落ち、巨大な手がシフカを叩き潰した。

分厚い石でできたテーブルをびりびりと震わせる一撃は、〈創世者〉によるものだった。虫のようにシフカを潰した巨人がため息をついてかぶりを振った。

「いまさら抗議されても実際困るのだよ。君たちにも言い分はあろうが、こっちにも事情がある。だいたいこの案件は私だけの責任でもない。文句はまずクライアントに言ってほしい――守秘義務があるから、クライアントのことを訊かれても何も答えられないがね」

俺は黙って〈創世者〉を見返した。

「君も何か言いたいことが？」

「いや。ないな」

「それはよかった」

「いつも言いたいことを言えない貴様！　度胸をつけるスーパーロボトミー™を試してみないか？　演算装置の限定的なリストラクチャリングによって、どんな修羅場でも一歩も引かないタフな野郎になれるぞ！　利用者の声を聞け！　Aさんだ！　『ウオオオーッ』　Bさんだ！　『死ネエエーーッ』　最後はCさん――」

俺は口を押さえた。〈創世者〉が不審な顔で訊ねる。

「今のはなんだ」

「なんでもない。とにかく、言うことは何もないが、仕事はさせてもらう」

「なに？」

訝《いぶか》しげに聞き返す〈創世者〉の股間に向けて、俺は熱線銃の引き金を引いた。

「ホオオォ!?」

奇声を上げて股間を押さえ、前屈《まえかが》みになった巨人の顔が、頭上すれすれに下りてくる。

俺は飛び上がって、その顎に全体重を乗せたドロップキックをぶち込んだ。

同じ人間相手なら背骨をへし折るほどの一撃だが、地球人と〈創世者〉の体格差では、本来ならばどこに当ててもまったく意味はなかっただろう。しかし、俺が狙ったのは顎の先端――わずかな力でも梃子《てこ》の原理によって、頭部全体を回転させ、脳震盪で意識を失わせる急所だ。

奴は地球人を自分に似せて作ったと言っていた。ということは、地球人の持つ弱点のうち肉体的なもののいくつかは、〈創世者〉から継承されたものではないだろうか――俺の推測はどうやら当たっていたようで、〈創世者〉は意識を失い、こめかみをテーブルに激しく打ち付けて動かなくなった。

ふーっと息を吐いて、俺がテーブルの上に立ち上がったとき、後ろから声が聞こえた。

「やったじゃん……さすが殺し屋」

ぎょっとして振り返ると、石の上に広がった真っ赤な染みの中で、人体の残骸がうごめいていた。

「うわっ」

「ちょっと、その反応は……傷つくな……」

おそるおそる近付いて覗き込むと、潰れたシフカの身体が徐々に再生しつつあった。破裂した内臓がひとりでに修復し、折れて飛び出た骨がつなぎ合わされ、皮膚の中に収まっていく。率直に言って非常にグロかったが、さすがにその感想は呑み込んだ。

「死んだと思った」

「死ねないんだ、私」

シフカが言って、血を吐いた。

「私は地球人の雛形だから、〈創世者〉は唯一、私にだけは死を実装しなかった。ウグルク人に撃たれても、コプロの胃の中で溶かされても、あなたに喉を切り裂かれても、どんな損傷からも甦《よみがえ》る、人類唯一の不死。それが私なの」

「それは……辛いな」

本心から俺は言った。永遠に死ねないというのは、考えるだけで恐ろしかった。地球人の設計云々《うんぬん》より、むしろ不死者を作ったという事実の方が罪深いように思えた。

シフカは俺の感想には答えなかった。まだ再生が終わっていないのに苦労して上体をもたげ、テーブルの上に乗ったままの〈創世者〉の頭に目を据えた。

「とどめを刺して」

「それはいいんだが……文句は自分じゃなくてクライアントに言えと、こいつは言ってたぞ」

「もちろん、クライアントにも報いを受けさせる。その前に、実行犯のこいつも殺す」

「バックアップは心配しなくてもいいのか？」

「いいから、やって」

シフカのひたむきな殺意が俺を動かした。熱線銃を持ち上げて、〈創世者〉の鼻孔に突っ込んで引き金を引く。

エネルギー残量がなくなるまではすぐだったが、それで充分だった。頭の中身を焼き尽くされた〈創世者〉の身体が一瞬硬直し、ぐったりと力が抜ける。

そのとき、何かが俺の身体を走り抜けた。生命が消えていく〈創世者〉の巨体と俺とが繋《つな》がった感覚があったかと思うと、次の瞬間、俺の意識は身体からもぎ取られていた。

俺は宇宙を飛んでいた。凄まじい速さだった。しかも、俺は分裂していた――それぞれに意識を保ったままの、複数の俺が、宇宙の別々の場所へと吹っ飛んでいく。〈創世者〉を起点にして延びる、何かのつながりを辿っているようだった。

分裂した俺の意識は、見たことのない様々な惑星へ、航行中の宇宙船へ、たくさんの船が出入りするステーションへ、燃えさかる恒星の中へと、同時に到達した。それらの場所には、〈創世者〉から延びたつながりの終点があった。俺の意識が到達した瞬間、それらの終点はすべて破壊され、〈創世者〉とのつながりも同時に断たれた。

意識が飛んでいたのは一瞬だったようだ。死んだ〈創世者〉の頭部から後ずさる俺に、シフカが声をかけた。

「感じた？」

「なんだ……今のは」

「あなたを作ったとき、私があなたに埋め込んだ特殊な機能」

「話が違うぞ。何も埋め込んでいないと――」

「害になるようなものは何も、ね」

まだ起き上がることもできないくせに、えらそうな表情でシフカが言った。

「あなたが今感じたのは、〈創世者〉のバックアップの破壊。あなたは時空を超えて、対象の存在をまるごと同時に殺せるの。私には決して手の届かない、絶対的な死の贈り物。それをあなたに授けた」

「それは……しかし……どういう原理なんだ、これは？」

「私くらい古くから生きていると、いろいろなことができるの――と、威張りたいところだけど」

自嘲気味に言うシフカの四肢が、みるみるうちに再生していく。

「死と再生の女神、大地母神、イザナミノミコト、パンドーラー……いろんな名前で呼ばれて愛されたのに、ついに地球人を守ることはできなかった。結局、私にできるのはこんなことくらい。でも、私の贈り物によって、あなたはこの宇宙の誰にでも確実な死をもたらす存在になった」

元通りの姿に戻ったシフカが、顔の血を拭って俺を見上げる。生きたまま供物を喰《く》らったばかりのように満足げで、昂《たか》ぶっていた。

「あなたは殺戮《さつりく》のベクトル。何者もあなたが放つ死の矢を逃れることはできない――だから、あなたは〈殺し屋〉なの」

「……なるほどな」

俺が低い声で呟くと、シフカは心配そうに首をかしげた。

「迷惑だった？」

「いまさらそんな心配をするのか？」

いつの間にか笑みを浮かべていた。この俺がだ。

「おまえは俺に、なかなか面白い人生を贈ってくれたようだ」

自分の血にまみれたいにしえの女神に歩み寄り、手を貸して立ち上がらせた。

ふらついて倒れかかってきたシフカを、俺は避けなかった。

苦労してテーブルを下り、庭園を去る俺たちの背後では、〈創世者〉の死骸に早くも鳥（のような生き物）たちが群がり始めていた。

小さな家と生きものの木

川端裕人

川端 裕人

かわばた・ひろと

1964年兵庫県生まれ。1998年『夏のロケット』で第15回サントリーミステリー大賞優秀作品賞を受賞し、小説家デビュー。2018年『我々はなぜ我々だけなのか　アジアから消えた多様な「人類」たち』（監修：海部陽介）が科学ジャーナリスト賞2018、第34回講談社科学出版賞を受賞。他の著書に小説『エピデミック』『銀河のワールドカップ』『雲の王』『青い海の宇宙港』（春夏篇・秋冬篇）『天空の約束』、ノンフィクション『「色のふしぎ」と不思議な社会――2020年代の「色覚」原論』などがある。

正午近くの高い太陽は、日焼け止めの上からでも肌をじりじりと焼く。極端に乾燥した空気のせいもあって、頬にちくちくと痛みを感じるほどだ。

それでも、ぼくは顔を上げて、帽子のツバで切り取られた空を見上げる。こんな厳しい環境だからこそ、望む成果を得られることもわかっている。大気の層ができるだけ薄く、宇宙にむき出しのところで観測したい。それが天文学者の職業的渇望であり、少々の日焼けや乾燥など気にしている場合ではない。ただ、顔を上げて、天を見つめるのみである。

ぶーんと低くうなるような音が響き、周囲に林立するパラボラアンテナ群がいっせいに向きを変え始める。

その〝お皿〟で受けた電磁波には、遠い原始星のまわりの星間ガスが発する微弱なシグナルが含まれる。水素原子の声、水（H_2O）やメチル基（CH_3）の和音、それらがかなでるコーラス。ぼくが聞きたいのは、何百光年も彼方の宇宙空間から届けられる音楽だ。

すーっと深く息を吸う。標高五千メートルにまだ順応しきっていない身体《からだ》は、いつも少しだけ酸素（O_2）が足りないと訴えている。バックパックを前に回し、気圧の差でぐしゃっと潰れたペットボトルから、水（H_2O）を喉に流し込んだ。ほっとひといきつくが、ふいにエタノール（C_2H_5OH）を含有した有機物質の水溶液を飲みたいと思う。でも、地元ビールは夜のお楽しみだ。

今は、もう一度、パラボラ群を見上げる。この〝お皿〟の群れは、ぼくの目となり耳となって、何百光年も先の宇宙空間を垣間見《かいまみ》せてくれる。今回改修した受信装置もきっとうまく働いて、ぼくの研究テーマである「生命の起源となる有機分子の宇宙における化学進化」に新たな発見をもたらしてくれるはずだ。たのんだぞ！という気分と同時に、ちくりと胸に痛みを感じる。なんだこの感覚は、と自分でも訝《いぶか》しく思う。

「さあ、もう降りる準備を！（Es hora de prepararse para bajar!）」

きょう一緒にここまで登ってきた現地スタッフのカルロスが大きな声で呼びかけた。

「ちょっとまって！（Un momento!）」とぼくは大きな声で応えた。なぜか胸の痛みをさらに強く感じた。

それは、痛みというか、むしろ、物理的にトントン叩《たた》かれているようでもあり……。

「パパ！」と呼びかけられ、ぼくははっとして背筋を伸ばした。

「パパ、ねてた！」とひなたが言って、いきさつを理解した。

ひなたに本を読んでいる途中で座ったまままうつらうつらして、おまけに昔の夢まで見ていた。チリのアタカマ高地にあるＡＬＭＡ望遠鏡を訪ねた八年前、ちょっとした行きがかりから、日本が担当している受信装置の改修作業《アップグレード》に立ち会った時のことだ。でも、今、ぼくがいるのは、標高五千メートルの極限的な環境ではなく、分厚い湿った大気の下、小さな家の寝室である。ひたすら研究に集中できたあの頃とは、様々な意味で状況が違う。

「ごめんね。どこまで読んだっけ」と本のページを確認する。

「月からうさぎ星人が来たところ！」

「わかった、わかった」と言いながら、壁の時計に目をやった。まだ九時すぎだ。ひなたの生活リズムという点では、もう少し読んでもかまわないだろう。ぼくが仕事をできる時間はその分減っていくけれど、それは仕方ない。

「じゃあ、読むよー」とぼくはページを確認する。

最近、ひなたがお気に入りの『４万年オリンピック』だ。自分で読めるくせに、このところ甘えん坊になっていて、保育園児の頃みたいに読んでもらいたがる。内容は、四万年に一度、銀河系の宇宙人が集まってオリンピックをするというものだ。今回の開催地である地球にいろんな宇宙人がやってきて、それを知らなかった地球人たちは大騒ぎになる。

「パパ、うちゅう人って、本当にいるの？」とひなたは聞く。

「どうだろうね。ぼくもずっと会いたいんだけど、まだ会ったことがないんだ」

「だって、パパはうちゅう人を研究してるんだよね。ママが言ってた」

「あはは、ママはそう思ってるのかもね。でもパパが研究しているのは、生きものをつくる元のものが宇宙でどうできたかなんだ。宇宙人にはまだ会ったことないんだよ」

「ヒナは、会えるかなあ？　会うなら、くじら星人がいいなあ」

　くじら星人は、巨大な気球みたいな宇宙船でやってきて、日本を本拠地に決める。そして、空中をふわふわ浮きながら歌を歌って、地球人と合唱をしては、銀河ネットで動画をアップする。すると母星の仲間から「イイネ！」がたくさんつくらしい。

　ぼくは、光の速度は有限なのでそんなすぐにイイネ！がもらえるはずないというようなツッコミをぐっとこらえつつ、また、うとうとすることもなく、章の終わりまでなんとか読んだ。その頃には、ひなたはもう寝息を立てていた。

　ほっと一息をつき、キッチンでコーヒーを淹《い》れた。一度、自分も眠りかけたところから、なんとか仕事ができる状態に意識を持ち上げて、ノートパソコンの画面と向き合う。

☆

「高橋くん、野辺山《のべやま》の提案書はいったんストップしたからって、手を休めちゃだめだよ。来年以降の提案を通すには、前の観測の論文を出して、〝こういうことがわかったので、さらにこれを知りたい〟というロジックが最強なんだからね。でも、たしかにやる気が出ないのもわかるよ。こういう状況だからね」

ぼくは画面に出ている博士研究員の高橋くんに英語で語りかけてから、ため息をついた。高橋くんはつい先日、博士号を取ったばかりの最若手だ。最近、床屋にもいけず髪をぼさぼさにしているけれど、それはぼくも同じである。高橋くんは、本来なら今頃は野辺山天文台の電波望遠鏡での観測データを得て、解析を始めていたはずだった。と同時に、新たな観測のための提案書も書かなければいけない時期でもある。でも、天文台が観測を停止し、提案書の期限も先延ばしになってしまったから、気が抜けても仕方ないのだった。

「先生、そんなこと言わないでくださいよ。ぼくだって、もうちゃんと書いてます。ほとんど先生にお見せできるところまできてます」

「お、すごいね。楽しみにしてる。じゃあ、ナタリー、ＡＬＭＡのデータのクリーンの状況は？」

アメリカから参加しているナタリーは、きりっとした顔つきで、髪も服装も整っている。背景の窓には、朝らしい爽やかな光の中にうっすら山の稜線《りょうせん》が見える。アパラチア山脈だそうだ。

「はい、ちょっと大切なところに微妙なものが見えていて、それが本物のシグナルなのか確認しています。でも、クリーンの作業を自宅からリモートでやろうとすると、思うように進みません。あとで先生に見てもらってもいいですか」

「わかった、時間がある時に見ておくよ。あと、ナタリーとギュンターは、明日、スペインの観測があるんだっけ」

「ぼくもナタリーもリモートで観測に立ち会いますよ」とギュンターのクマさんみたいな髭面《ひげづら》が映った。

「いいなあ、ぼくも観測したいなあ。でも、ぼくの観測は延期だし、新しい提案書も書かないといけないし……とにかく、よい観測になるといいね」

毎日午後十時半頃を目処《めど》に行っている、ウェブでのミーティングの光景である。新型コロナウイルス感染症のパンデミック宣言がなされたあと、ぼくが主宰しているささやかな研究室、つまり、埼玉県にある自然科学総合研究所の中にある「原始星研究ユニット」のメンバーはそれぞれの生地に戻った。高橋くんは徳島で、ナタリーはアメリカ、ギュンターはドイツだ。この時間帯は、ぼくはひなたを寝かしつけたところで都合がよく、アメリカは早朝、ヨーロッパは午後だから、すべてのメンバーが参加できるコアタイムだ。こんな状況でもなんとか研究を進められるのはインターネットのおかげだ。

「じゃ、研究の件は一段落として、みんな落ちる前に少しソフトな話題を。きょうはギュンターからの話題提供で……なになに、子ども向けのセミナーを開催？」

「はい、うちはミュンヘン郊外ですが、もうロックダウンも終わって、イベントもだんだん再開してるんです。それで、近所の小学校の先生から頼まれて、自分の研究のことを話してほしいって。そこ、ぼくの出身校なので」

「いいね。ぜひやるといいよ」

「でも、先生、ぼくはこういうのはじめてなんで、どこから始めればいいのかわからなくて。できれば、ぼくらの身体を作っている有機分子や水が宇宙から来たって話までしたいんですけど、いい導入部ってないですかね」

「それは、何歳の子が聞くの？」

「七歳か八歳ですね」

「じゃあ、生まれたての赤ちゃん星を見ているんだよということはきっと興味を持ってもらえると思うけど、有機分子の分布というのはちょっとマニアックすぎるよね。せめて、生命の元になる材料が、赤ちゃん星が生まれる時にはもうあった、みたいな言い方だろうね」

ぼくたちが電波望遠鏡でターゲットにしているのは、まだ生まれて間もない原始星だ。星というのは、星間分子雲の中で生まれる。うっすらとした分子の雲にも濃淡の分布があって、密度の濃いところが自己収縮しつつどんどんまわりのガスを集めて星に成長していく。その過程でできた原始星に、まわりのガスや塵《ちり》が回転しながら落ち込んでいき、原始惑星系円盤が形作られる。惑星系のもとだ。ぼくたちは、原始惑星系円盤やその周囲のエンベロープと呼ばれる部分、さらにはもっと広く星間分子雲を観測対象にしている。

もう少し具体的に言うと、まずは円盤や周囲のガスの中で、様々な有機分子や水など、生命を形づくるのに必須の化学物質がどんなふうに分布しているかを見る。そして、どんなメカニズムで「化学進化」をしているのかを考えていく。やがて太陽系ができあがった時に、こうやって準備された有機分子の種類や多寡によって、生命の星が生まれるかどうか決まってくるとぼくらは考えている。競争相手は多いがとても研究しがいがある分野で、ぼくが主宰する研究室は、かなり勢いのあるチームだという評判も確立しつつある。

でも、いきなり研究が止まった。もちろん、ぼくたちだけでなく、世界中でだ。今、どこの国の電波天文台も観測を停止している。ナタリーとギュンターが明日立ち会うスペインのIRAM30m望遠鏡は例外的なものだ。

「その年齢って、つまり、ひなたと同い年ですね。ひなたと昔、赤ちゃん星のことを話したことありますよ」とナタリーが割って入った。

ナタリーは、ぼくがひなたを研究室につれていくとよく相手をしてくれていたので、ひなたとは結構親しい。

「だったら、ひなちゃんに聞いてみればどうですか？」と高橋くん。

「ぜひ、お願いします」とギュンター。

そんなことをにぎやかに話しつつ、一時間弱でミーティングを終えた。ちょっと気を張ってしまったせいで、ぼくは一瞬、WEBカメラの前でぼーっとしてしまった。

「先生、大丈夫ですか。ちょっと疲れているように見えますよ」と言われ、ぼくははっと居住まいを正した。

ヴァーチャル会議室にまだナタリーだけが残っていた。

「そうかな。まあ、美彩《みさ》がずっと帰ってこれないから、ひなたと二人きりで、ちょっと大変だってのはあるかもね。でも、大丈夫」

ぼくはつとめて明るく言った。

「お体には気をつけてくださいね」

ナタリーはそう言って、接続を切った。

博士研究員の中では筆頭格のナタリーに、ものすごく心配されているのがよくわかるし、ぼく自身、今の自分のことはふがいなく感じる。ぼくは、指導者としては未熟でもまだまだ若く馬力がある研究主宰者として、先頭を切って仕事をするスタイルだ。それが、今じゃ、なんとか空元気を出してみんなを鼓舞しようとしても、逆に心配される始末である。

はあっ、とため息をつき、ぼくはポケットからスマホを取り出した。メッセージは入っていない。残念ながらきょうも今のところ音信不通のままだ。

ぼくのパートナーである美彩は、看護師だ。それも、感染制御看護師といって、院内感染対策チームの中核になって働く立場だから、この感染症騒動の中で、多忙をきわめている。もう三週間ほど、病院の近くのホテルに泊まり込み、自宅には戻っていない。今週に入ってからは、睡眠時間さえちゃんと取れないくらい多忙らしく、連絡がない日が続いている。

不安を感じ始めたらきりがないので、ぼくはひなたとの時間を大事にしつつ、ひたすら仕事するしかない。それでも、いつもと同じ、というわけにはいかないのだった。

ちょうど高橋くんから英文論文の草稿が届いたので、さっそく読むことにした。出だしのアブストラクトのところで、いきなりつまずいた。

高橋くんはものすごくよい着想をするし、いくつものコンピュータ言語に通暁しコードを書かせたらラボで一番の使い手だけど、英語でも日本語でも自然言語で書くのをものすごく苦手にしている。自分では自明だと思っていること、たとえば研究の目的や結果が意味するところを他人に伝える意識が希薄なのが問題で、このアブストラクトじゃ、何の研究なのか今ひとつわからない。赤を入れ始めたら、ほとんど原形が残らなくなった。頭が痛いが、今自分ができる貢献としては、こういうことだよなと思い直した。それでもやっぱり、ひたすら非生産的な仕事をしているようで気が滅入《めい》る。

背後でがさごそと音がして、「パパぁ？」といきなり声がした。

「どうしたの？　横になってないといけない時間だよ」

振り向くと、ひなたは言葉では答えずに腰をくねくねさせた。パジャマのズボンを見てぼくは事情を理解した。

「ああ、眠る前に水を飲みすぎたかな。シャワーを浴びよう」

濡《ぬ》れたパジャマと下着を脱がせて、シャワーを浴びさせ、別の下着とパジャマを着せる。ベッドのおねしょ用シーツを剝がして洗濯機をまわし、また寝かしつけるために添い寝した。ひなたはおむつが取れてからほとんどおねしょをしたことがなかったのに、このところ何日かに一度こういうことがある。大人ですら不安なこのご時世だから、無理もないと思っている。昔使っていた防水のシーツを出しておいてよかった。

「ママから、連絡、あった？」とひなたが聞いた。

「まだないよ。きっと忙しいんだね」

「あしたは、話せるかな」

「そうだといいね」と言いながらぼくも急に眠気が膨らんでくるのを感じた。あえて抗《あらが》おうともせずに身を委ねた。ぼくが次に目を開いたのは、窓から差し込む日の光がはっきりと影を落とす時刻だった。

☆

慌てて朝ごはんの目玉焼きを焼き、眠たそうなひなたと一緒に食べる。八時半から九時は、テレビの学習番組を見てくれるので、その間にぼくはリビングのテーブルにノートパソコンを開き、まずはメールやメッセンジャーを確認する。アメリカ、ヨーロッパ、オーストラリア、チリなどの研究仲間から来ていた短信に返信をするうちに三十分はすぎた。いつもならもっとテキパキできるはずなのに、やはりどうも集中できない。

一時間目は、国語だ。学校にいるのと同じ時間割で勉強させてくださいと、学校ホームページの学級通信には書いてあり、ぼくもできるだけ従うようにしている。さいわい、ひなたはわりと集中力があるので、極端に負荷がかからない限り、一コマ、二コマくらいは黙々と取り組んでくれる。まずはひたすら漢字の書き取りをして、まとまったらぼくのところに持ってきてもらうことにした。

一方、ぼくも仕事を始める。最初に昨晩の高橋くんの論文の直しをしようかと思ったものの、もっと大切なことがあることを思い出した。ぼく自身、大切な提案書を書かなければならない。世界でトップクラスの解像度を誇るＡＬＭＡの観測時間を新たに得て、百くらいの既知の原始星とその近辺の各種有機分子、水、窒素化合物、硫黄化合物などの分布を徹底的に調べる。そうすれば、どんなタイプの原始星が、のちのち太陽系のような、生命の材料をたくさん持った状態になるのか化学進化の道筋が見えてくる。だから、これはぜひ実現すべき研究だ。気合を入れた提案書をすでに書き始めているのだが、途中で頓挫している。締め切りは一週間後で、かなり切迫した状態だ。

そこで、ワープロソフトを立ち上げて、続きを書き始めた。しかし、ちょくちょくひなたが来るので、集中するのが難しい。やっぱりこれは静かな環境でないと無理だ。昨晩、寝落ちしてしまったことが悔やまれる。

今できることとして、ナタリーのことを思い出した。ナタリーは、ＡＬＭＡのデータをクリーンするのに苦労している。研究室にある処理能力の高いコンピュータと画面共有して、天文台からもらった生データを画像データに置き換えた際に出てくる「ゴミ」を取り除く作業で、観測結果から健全な結論を導くには必要不可欠なことだ。これにはそれなりの計算資源が必要なので、手持ちのノートパソコンで行うのは難しい。一方で、この作業は文章を書くのとは違って、頭の別のところを使うものだから、気分転換になる。ぼくはよく文書作成と交互でやっている。

リモートで画面共有して、ナタリーが作業の途中で放置しているファイルを開いた。ぼくたちの研究対象である原始星周辺における、ある有機分子ガスの分布を示す地図のようなものだ。ゴミとぼくたちが呼んでいるのは、観測データを画像にする処理にはつきものの数学的な生成物で、それを目で見つけて差っ引いてやる作業が必要になる。ナタリーが気にしていた部分に目をやると、たしかにものすごく嫌なところに微妙なものが見えていた。確認するためにいろんな処理を試みるのだか……ああ、ナタリーが言っていたことがわかった。

処理以前の問題で、画面がカクカクして、フラストレーションがたまる。時間がかかるのはまだしも、データがかなり圧縮されていて、画像の細かな点が見えにくい。これじゃ作業にならないので、今度、研究室に行けた時にやるしかなさそうだ。

「パパ、なに見てるの？」

ひなたが後ろから覗《のぞ》き込んできた。

「うーん、これはね、宇宙の写真」ぼくは応えた。

「お星さま？」

「赤ちゃんの星なんだよ」

「雲、みたいだね」

「そう、雲みたいでしょ。もやーっとしてて、まだふわーっとしてるんだよ」

「じゃあ、甘いかな？」とひなたは、ちょっといたずらっぽく笑った。

「ん？　どうして？」

「ヒナは、保育園のころ、雲は、わた菓子だと思ってたんだよ」

「ああ、そっか。甘いかもしれないね。でも、しょっぱいかもしれないよ。今、パパたちはそれを調べてるんだ」

意図せず話がはずんで、ぼくはひなたのことをまじまじと見た。ひなたは、いわゆる虫愛《め》づる姫君で、物心つく前から、虫や動物に関心が強い。でも、最近、ちょっと宇宙にも興味が出てきたようだ。『4万年オリンピック』の影響かもしれない。

「あ、書き取りが済んだの？　確認して、保護者サインしないとね」

ぼくはひなたが手にしていたプリントの束を受け取り、ちゃんと書き取りを終えていることを確認した。ひなたの字は、勢いがあって、一応、枠には収まっているものの、かなりぎりぎりだ。親はちゃんと終えたことを確認すればいいだけで、トメ、ハネなどを見るようには言われていないのが救いだ。たぶん、このプリントは真っ赤になるだろう。

「公園に行きたいなあ」とひなたが言う。

「パパはお仕事があるし、ひなたもお勉強があるんだから、後でね」

「じゃあ、次は、生活がいいな」

「うーん、パパ、見れないから、ミニトマトの観察だけだったら、庭に行ってきていいよ。でも、絶対に外に出ちゃだめだよ」

「わかった！」と、ひなたはぴゅーんと行ってしまう。

うちは築五十年近い小さな一軒家を借りているので、猫の額ほどの庭があるのが助かる。

ひなたが外にいるならちょっと集中するチャンスかもしれない。ぼくは文書作成ソフトを立ち上げて、ふたたび提案書を開いた。

さあやるぞ、とぼくの魂の燃料であるコーヒーをマグに注《つ》いだところで、気づいてしまった。ひなたの学習机の上には観察帳が置いてある。つまり、忘れて出ていったことになる。結局、ぼくも庭に出ざるをえない。

庭に出ると、もわっとした空気が体を包んだ。感染症の流行のせいで巣ごもりになったのはまだ春先だったのに、今ではもう、日差しも湿気もすさまじい。アタカマ高地の天文台のあのヒリヒリする紫外線と乾燥とは対照的だ。この湿気には、生きものの生活に由来する様々な有機分子が凝縮されていて、複雑な匂いが鼻をくすぐる。

「あー、ミニトマト、大きくなったね」

ひなたの隣にしゃがみ込みながらぼくは言った。

でも、ひなたはなにか別のものに気を取られているようだ。

地面には小さな黒い蟻《あり》が連なっており、蜂の死骸を引きずるように運んでいるところだった。

「アリも、ハチも、社会があって、おうちには、女王さまがいるんだよ」とひなたが教えてくれる。

「よく知ってるね」

「ママが教えてくれたから」

「そっか。ママは虫が好きだものね」

家族の中で、ぼくは「虫」がそれほど得意ではない。ゴキブリが出た時に、うぎゃーっと声を上げるのはぼくだ。一方で、美彩もひなたも、まったく動じない。庭の草木につく幼虫だって、嫌がるどころか二人でしげしげと見ているのである。美彩は子どもの頃から生きもの好きで、今だってその延長で「ヒトという生きもの」の生死にかかわる仕事を熱心に続けている。ひなたにも、そういうところがしっかり伝わっているのかもしれない。

それに対して、ぼくは、高校生の頃から宇宙に関心を持ち、それからもうずっとのめり込んできた。最初は、地上の日々の煩わしさや、家族関係の悩みなどを忘れられる対象だったということも大きい。しかし、一度、関心を持ち、学び、自分で観測などを始めると、それ自体がもっと大きな興味を引き寄せるサイクルが回り始める。そこで、ぼくは広がり深まる興味にリミッターをかけずに走り続け、幸運なことに研究でメシを食べられる立場になった。宇宙における有機分子の進化というテーマは、ぼくが大学院生になった時にちょうど盛り上がりつつあったもので、この出会いも幸運の一つだったと思っている。

そんなわけで、ぼくは地上にいながらも、いつも宇宙に思いを馳《は》せてきた。蟻の行列を見つめるひなたを愛《いと》しく思いつつも、ぼく自身は研究の提案書を仕上げ、自分の夢と知的なチャレンジに向かわねばならないと頭では考えている。でも、なぜか今は地面に根っこが生えたみたいだ。むしろ、ひなたのことを見ていたくて、しばらくぼくはその場に立っていた。

十分かそこら庭で過ごしてから、ぼくたちは部屋の中に戻った。ひなたはものすごく汗をかいていたので、冷えた麦茶を飲ませた。

続く時間は音楽で、ひなたは集中して鍵盤ハーモニカを弾いていた。

一休みしたら、次は算数だ。ひなたは今のところ算数が大好きなのだが、一人で新しい単元を自習で進めというのは無理難題なので、結局は、親が見ることになる。ぼくは、仕事を中断したまま、ひなたの横についた。

ちょうど長さについての単元で、一センチメートルと一メートルの関係とか定規の見方を学ぶところで、途中から脱線して地球と月と太陽の距離の話をするうちに、ひなたの学校の時程に合わせたアラームが鳴った。

四時間目終了。昼休みと昼食の時間だ。ぼくも「給食当番」になった気分で、準備に取り掛かる。

結局、午前中、ほとんど仕事は進まなかった。

この状況じゃ仕方ない、と自分に言い訳する。そもそも、ぼくがやっているような研究は、生活のために必要不可欠なわけじゃない。看護の現場でがんばっている美彩や、近所のドラッグストアやスーパーで働いているひなたのクラスの「ママ友」や、ネットで買ったものを届けてくれる宅配の人たちのように、誰かのために役立つわけですらない。大きな夢と野心を持っているつもりが、自分が本当に役立たずなんだなあと実感するばかりだ。

ぼくは今、モチベーションと集中力を欠いている。ラボメンバーたちを叱咤《しった》激励しなければならないのに、自分自身は大切なことが手につかなくなっていることを認めないわけにはいかない。高橋くんの英文には頭を抱えたけれど、彼がちゃんと仕上げてきたことはものすごく偉いと思う。ぼくの方がずっとダメだ。

こんなふうに気持ちを乱しつつも、ひなたが「おひるー」と騒ぎ、ぼくもお腹《なか》が鳴るわけだ。ぼくは買い置きの冷やし中華の麺をゆで、きゅうりやトマトや卵焼きと一緒に食べた。まだ梅雨前だというのに、気分は真夏だ。そして、食欲があるのはよいことだ。

食べ終わってしばらくは、「昼休み」だ。これも時間割通り。最近、ひなたはかなり理屈が通じるようになってきて、結構よい話し相手になってくれる。いつものように、ぼくたちのヒーローである美彩がどうしているかなあと話し合い、その後で、『4万年オリンピック』の話題になった。うさぎ星人やくじら星人など、いろいろな宇宙人がいるということは、その母星にはもっといろんな生きものがいるんだろうねという話になった。

「アリも、ハチもうちゅうから来たの?」と果汁百パーセントのアップルジュースを飲みながら、ひなたが言う。

「えーっ、どうしてそう思うの?」

「だって、パパはうちゅう人じゃなく、うちゅうの生きものの研究をしてるんでしょ」

「あー、それか」

ひなたはぼくが昨晩言ったことをちょっと誤解しているみたいだ。でも、微笑《ほほえ》ましい質問ではある。

「ぼくの研究は、生きものというより、その体を作っている材料が、宇宙のどこでどんなふうにできてきたのか調べてるんだよ。ひなたの調べ学習と一緒だよ」

「ぼうえんきょうで見る調べ学習？」

「そうだね。でも、普通の望遠鏡じゃなくて、電波望遠鏡っていうんだよ。電波で宇宙を調べるんだ」

ひなたがきょとんとしているので、ぼくはノートパソコンから写真を選んで表示させた。チリのアタカマ高地にあるＡＬＭＡ望遠鏡。六十六台のパラボラがずらーっと並んで壮観なやつである。

「これが、電波望遠鏡。ひとつひとつがそうなんだけど、ズラーッと並べているから一緒に同時に見ると詳しいことがわかるんだよね」

宣伝用に作ったタイムラプス動画で、パラボラが一斉に向きを変えるのを早回しで見せた。ひなたがうわっと目を見開いた。

かなり関心を持ってくれたみたいだ。

「こうやって、見たい方向の星を見るんだよ。ところで、ひなたは、ぼくの研究に興味ある？　説明したら聞く？」

「聞きたい！」

ひなたが軽くジャンプしてうなずいた。

なんだか、ぼくはじーんとしてしまう。ひなたが、ぼくが愛してやまない宇宙の世界に入門してくれる日が来ようとは。このような研究でも子どもが夢を見てくれるのは本当にうれしくて、ぼくとしては本気で説明せざるをえない。

ギュンターの悩みのことも思い出した。ドイツの小学生にセミナーをするのに、どんなふうに語ればよいのか。ほぼ同い年のひなたで感触を摑《つか》んで、フィードバックしてあげるのはリーダーの役割だろう。

というふうな理由を自分に言い聞かせて、ぼくは三十分ほど、差し迫っているはずの仕事を捨て置いてひなたと向き合った。

☆

さてなにから始めようか。

ぼくはテーブルの上にアップルジュースの瓶が出ているのを見て、その瞬間にひらめいた。

コップを二つ用意し、ひなたからは見えないところで、一つには水を入れ、塩を溶かした。もうひとつにはアップルジュースを入れて、透明になるまで水で薄めた。そして、それらをひなたの前に置いた。

「この二つのコップはただの水ではありません。じゃあ、何が入っているか見たらわかりますか」

　ひなたは顔をくっつけたり、窓の外の光に透かしたりしてたけど、両方とも透明だ。それではわからない。

「じゃ、どうすればわかるかな？」

「においをかぐ？」

「やってみて」

「わからない……」

「ちなみに、毒になるものは入っていないよ」

「じゃ、なめてみる」

　ひなたはすぐに、あっ、というふうな表情になった。そして、もうひとつのコップにも口をつけた。

「塩水と、アップルジュース」

「正解、いえーい」とハイタッチする。

「よくわかったね。目で見てもわからないものでも、別の方法で正体がわかることがあるでしょう。それで、この塩も、アップルジュースの中に入っているいろんな物質も、実は宇宙にあるんだよ。でも、遠くにあると見えないし、味を確かめることもできないでしょう。そんな時はどうすればわかると思う？」

「さっきの……ぼうえんきょう?」

ひなたは首をかわいらしくかしげながら言った。

「正解!」と言って、ぼくたちはまたハイタッチした。

「塩やアップルジュースをつくっている小さな小さなものから電波が出ていて、それをあのお皿みたいなアンテナで集めると宇宙のどこにどんなものがあるのかわかるんだ。パパの研究では、宇宙にある生きものの元になるような物質を探して、それがどうやってできたのか考えていくんだ」

へーっとひなたが、ものすごくよい反応を示してくれた。

そうか小学生になると、こういうことがわかるんだとぼくは素直に感動した。ひなたが生まれてからずっと一緒にいるわけだし、この何週間かは、二人きりで、ほとんどこの家から出ずに過ごした。話そうと思えばいくらでも話せたのに、ひなたがついてくれるとは思っていなかった。

その後、ぼくはひなたとかなり濃密な会話を交わしたと思う。

ひなたがどれくらいわかってくれるのだろうかとか、どんなことに食いつきがよいだろうか、ということを確認しつつ、ぼくの研究の大まかなところを伝えられた。

それについてぼくは、あとで美彩に話すためにちゃんとメモを取った。

ぼくが伝えたかったのは、宇宙の化学進化、星の化学進化についてだ。最初は宇宙の中の同じガスでも、まわりの条件によってどんどん進化して枝分かれしていく。地球に近い惑星ができても、そこに生命の材料がたくさんある場合と、少ない場合があり、それが地球のように生命の星になるかどうかの分岐点になる。

　図を描いていたら、ひなたが「あっ」となにかに気づいたみたいで、自分の本棚から図鑑を持ってきた。

「パパ、ヒナも進化、知ってるよ！」と指差したのは、生命の進化の樹形図だ。

　ぼくは、ひなたが持ってきた図鑑をテーブルの上に開き、その樹形図を指でたどった。

「うん、これも進化だよね。むかし、地球の生きものは単純なものが多かったけど、だんだん複雑になってきたんだよ。お魚が最初にあらわれて、そこからカエルの仲間が分かれて、そこからトカゲの仲間が分かれて、そこからぼくたち人間のご先祖様が分かれて……ってどんどん枝分かれしていくでしょう」

「パパ、ほら」とひなたは、樹形図の根本の部分を指差した。

「ああっ」とぼくは喉をつまらせた。

　その図鑑では、生命の樹《き》がまるで地球から生えているかのように描かれていた。とても素敵なイメージだった。生命の樹が根付いているのは地球そのものなのである。

「いいところに気づいたね」とぼくはひなたの髪をなでてから、さらに先に進んだ。

「じゃ、パパが何を調べているかというと、地球の生命というより、生命がたくさん生まれたこの地球がどんなふうにできたのかってことなんだ。星にも進化があって、その中で、いろんな種類の星ができる。地球みたいな星ができるには何が必要だったのか、地球の裏側のチリにあるＡＬＭＡ望遠鏡で、宇宙のいろんなところにある赤ちゃん星を見て確かめてるんだよ。これがわかれば、宇宙の生命の進化の樹がどんなふうだったのかわかるようになるからね」

ひなたはときどきぽかんとしながらも、集中力を切らすことなく最後まで聞いてくれた。ぼくがひなたと一対一で話していて、反応を見ながら軌道修正できたことも大きいと思うけれど、いくつかギュンターに教えてあげたいことも見つけられた。特に、導入部の「目で見えないものをどう区別するのか」というのは、納得度が高かったのではないだろうか。

一連の話を終えた時、ひなたは堰《せき》を切ったようにぼくに質問した。

「じゃあ、パパはうちゅう人、やっぱりいると思う？」

「もちろんいると思うよ。宇宙は広いから、地球みたいな星は必ずほかにもあるはずだから。パパの研究は、それがどれだけ多いのか少ないのかを知ることだからね」

「じゃあ、くじら星人や、うさぎ星人も、地きゅうみたいな星からきたの？」

「きっとそうだろうね」

「じゃあ、パパは、チリにいって、カンソクするの？　遠くにいく？」

最後の質問はどこか切実で、ぼくはひなたをぎゅっと抱きしめた。

「そんなことないよ。ひなたと一緒だよ。だってママも帰っていないのに、パパがひなたを置いて行くわけないじゃないか」

「よかった」と笑う。一瞬、本気で心配していたみたいだ。

「今は、行かなくても観測できるんだよ。天文台には、観測スタッフがいて、観測してくれるからね」

ぼくはパソコンの時刻表示を確認してから、キーを叩いた。

「チリじゃないけど、スペインの天文台を使って、今、パパのラボのメンバーが観測しているはずだよ。ちょっと頼んで見せてもらおう」

研究者の提案書が採択されると、天文台のスタッフは観測計画を立てて、期限までに観測を実施してくれる。ぼくが大学院生だった頃は、天文台に自ら赴いて、観測のためのスクリプト（プログラム）を流すところから研究者側の責任だった。電波望遠鏡なので、雲があっても観測できるけれど、それでも水蒸気は敵だし、風が強いと巨大なパラボラが揺れて観測に影響がでる。ものすごい競争を経て獲得した観測時間が少しでもよいものになるように祈りつつ、長時間露光でだんだん信号がはっきり見えてくるのには興奮した。また、観測中に較正《こうせい》のために巨大なパラボラがときどきウーンとすごい音を立てて向きを変えるのも、観測をしている実感を高めてくれるものだった。

今はそういったリアルでの立ち会いはほとんどなくなって、ある意味、味気ない。立ち会いできたとしても、リモートでだ。スペインの電波天文台も、まさにリモート立ち会いができるタイプのものだった。

「ひなたは、ナタリーを覚えてるよね。研究室でよく遊んでもらってたから」

「うん、ナタリーは、ヒナといっしょで、プリキュア好きなんだよ」

「あ、そうなんだ……」

たしかに、日本に最初に留学した時のモチベーションはアニメで、当初は本気でアニメーターになりたかったとナタリーは言っていた。

「今、ナタリーが、スペインの天文台の観測に立ち会っていて、画面共有してくれたから見てごらん」

ぼくはひなたを膝の上に乗っけて画面を見せた。

「これ、カンソク？」とひなたが聞いた。

「そう、宇宙にどんなものがあるか見ているとこ。ピッと山になっているところがあるでしょ。その山の場所で、なにがあるかわかるんだよ」

「ふーん」

「まあ、地味だけどね」

見えているグラフの横軸は周波数で、縦軸は信号の強度だ。観測している宇宙空間にある化学物質に応じて、それぞれの固有の周波数のところに、ピッ、ピッと信号の山が見えてくると、ぼくたちプロは興奮する。でも、子どもには限りなく退屈な画面のはずだ。ぼくはナタリーにお礼を述べると、早々にログアウトした。

ひなたは、ぼくの膝から降りて、また図鑑を見た。

しばらくじっと見ていたかと思うと、ミニトマトの観察帳を持ってきて、後ろの方の白紙のページにさっき見たミニトマトのお絵かきをし始めた。

いや、微妙に違う。ミニトマトの実の一つ一つが、星のように見える。おまけに、そのまわりに、パラボラアンテナらしいお皿の森が描かれた。なにか面白いことを考えているみたいだ。

ひなたはしばらく、すごい集中力でミニトマトの星を描き足していった。でも、あるところでふと動きを止め、ぼくの方を向いた。

「ねえ、お星さまの木と、地きゅうの生きものの木は、同じ木？」

「え？」とちょっとびっくりして、ぼくはまじまじとひなたを見た。

これはどういう質問なんだろう。星の木と地球の生きものの木は同じかどうかって……意図をうまく汲《く》み取れない。

「どういうこと？」と聞き返したら、ひなたは小首をかしげた。

ちょうど、チャイム代わりのアラームが鳴った。五時間目の始まりだ。

ひなたは自主的に学習机に戻った。そのまま、今度は普通にミニトマトの生長記録を描き始めた。ひなたの横顔は集中したいい顔だ。ぼくはこの「昼休み」がひなたにとってものすごく充実したものだったのだろうとうれしくなった。

充実していたのは、ぼくも同じだ。食後に淹れて放置したままになっていたコーヒーをマグカップに注ぎ、ぼくもノートパソコンと向き合った。

☆

目の前がきゅーんと狭まって他のことが見えなくなる。

でも、その先にはわーっと世界が広がっていて、何十光年の彼方、何千万年もの時間をぼくは一望する。ひなたと話したことで、やっとスイッチが入ったらしい。

ぼくの頭の中にある宇宙のイメージは漆黒で、無重力で上下左右の区別もなく、冷え冷えとしていて、ただひたすら広大で、人間なんて問題にならないくらいちっぽけで、それなのに、この小さな頭ですべてを理解したいと願っている。

その渇望は、まるで空気が切れそうなダイバーのように切実で、見ることと、知ることが、ぼくを生かす源だとすら思う。

漆黒の中に、ときどき、きらりと光るものがある。それは、ぼくが知りたい、様々な有機分子が集まっているところだ。塵氷層《ちりひょうそう》といって、氷と塵がちょっと汚れた雪だるまのようにぐちゃっとなっているところで有機分子が生成されるのではないか、とぼくたちは考えている。

単純な一酸化炭素COの分子が、水素を得てHCOになり、もっと安定したH_2COになって、そこからCH_3Oができ、さらにCH_3OHまでくると、地上でもおなじみメチルアルコールだ。星間分子雲の中で、塵氷層で起きると想定される反応の一つだった。紫外線を浴びるともっと複雑な分子が作られる可能性もある。

こうやって、まだ宇宙空間で星ができる前の段階から、少しずつ生命の種子がまかれていく。ぼくは、この宇宙の素晴らしさを感じてやまない。

と同時に、この空漠たる広がりに対して、いつでも畏怖、いや、恐怖が心の底にある。宇宙のほとんどは、生命の存在を許さない世界だ。ぼくは、この冷たい広がりの中に、きらりと光る生命の輝きを探すけれど、ふと気づけば、まわりには闇と絶対零度に近い極寒が広がっている。ＡＬＭＡのパラボラ群の間に身をおいて、強烈な紫外線に灼《や》かれるのすら、まったくなまぬるい。そういった極限について考え続けるのは、まるで脳を真空に晒《さら》すような怖さがある。

でも、ふと隣にひなたの存在を感じる。

ひなたは、同じ部屋で勉強しているのだから、存在を感じるというよりも、本当にそこにいる。頭だけ宇宙に漂いだしてしまったぼくのことを、ゆるやかにつなぎとめてくれる。

五時間目を終えて、ひなたがソファに横になり、自分で『4万年オリンピック』を読み始めた。ぼくはひなたが熱心に読む横顔をちらりと確認しつつも、ものすごい勢いで英文を打ち、なんとか提案書の草稿を最後まで書き終えた。これで骨格はできたことになるので、なにはともあれほっとした。

すぐに最初から読み直した。悪くない。でも、何かが足りない。言いたいことは過不足なく言えているはずなのに、全体をつらぬく柱がいまひとつ強度不足だ。

それはたぶん、理屈ではなくて、研究へのモチベーションであるとか野心に直接かかわる部分だ。つまり、今この瞬間の自分には熱が足りないってことだ。とすると、ラボメンバーとカジュアルに研究上の夢を語り合うセッションをして、そこで出たことを練り上げてタイトルやキーセンテンスに活《い》かすべきかもしれない。

ごろごろと地鳴りのような音がした。遠雷だと気づくのに時間がかかった。

ひなたが上半身を起こし、ぼくと顔を見合わせた。

「夕立だね」とぼくが言ったのがかき消されるほどの雨が、窓と屋根に叩きつけられた。

ひなたが、ちょっと怖がって、近くに寄ってきた。ぼくのいるテーブルで本の続きを読む。

ぼくは提案書をさらに進め、その斜向《はすむ》かいでひなたが本を読んでいるのは、ものすごく安心できる構図だった。

「パパ？」と呼びかけられてはっとした。

「ミニトマトを見てくる」とひなた。

「ああ、雨がやんだのか。いいよ。パパは仕事してるね」

ひなたは小走りに玄関へと向かっていった。この前、激しい雨が降った時、まだ生長途中のミニトマトがなぎ倒されてしまったことがあって、それを気にしている。

ぼくは部屋着のまま外に出るひなたの後ろ姿をちらりと一瞥《いちべつ》しただけで、またパソコンの画面を見た。今なら高橋くんの論文の添削もできると思い、それに取り掛かる。朝とは違って、今度はすんなり集中できた。

こういうものは逐一訂正しようとするからいけない。ぼくが書き換えるのではなく、問題点を指摘して、改善案を一部だけ提示して、あとは自分の頭で考えてもらう方がいいだろう。ぼくはざっと最後まで読んで、大きな問題がある点についてはマーカーで色をつけた。ちょっと頭を冷やしてから具体的にコメントしようと、コーヒーを淹れ直す。

そこで、ふと気づいた。

ひなたは？

ミニトマトを見にいくというだけにしては、ちょっと時間がかかりすぎじゃないだろうか。ひょっとすると、雨のせいで地面に出てきたミミズを観察したりしているのだろうか。

「ひなたー！」と大声で呼んでみた。

古い家で木造なので、大声を出せば表にいても聞こえる。

二度呼んで反応がない時点で、ぼくは腰を浮かせた。

☆

雨はちょうど上がったばかりのように見えた。

ミニトマトは無事だった。

ひなたの姿はなかった。

名前を呼んでみた。最初は控えめに、次は大声で。

返事がない。

これはちょっと緊急事態だと気づいた。

ぼくは隣の家との間の狭い空間を確認してから、家の前の細い道路に出た。車の通りは少ないから、交通事故の心配はそれほどない。とはいえ、さっきの豪雨で水が溢《あふ》れて、道路の半分が小さな川になっているのは不穏だ。

でも、どうすればいいのかわからない。

思い出せ。なにかヒントはなかったかと自分に問いかける。

活発な子ではあるけれど、向こう見ずに一人でどこかに行ってしまうようなことはあまり考えられない。じゃあ、本人の意思ではなく移動したのかというと、それは相当、嫌な想像につながってくる。

とにかくぼくは最初の角のところまで行って、左右を見渡した。ここから先は道が分かれるので、うかつに選べば困ったことになる。

ぼくは立ち止まったまま考えた。何か手がかりはないか。もしも、ひなたが自分の意思でどこかに行くならどこだろう……。

何度か顔を左右にめぐらせるうちに、視界の隅を鮮やかな光がよぎった。

虹だった。そうか、雨がやんで、太陽の逆側に虹が出ている。でも、このあたりからだと周囲の住宅や電線が邪魔で、見えるのは一部だけだ。

ぼくは左側の道へと一歩踏み出した。

午前中、ひなたは「公園に行きたい」と言っていた。もし、庭に出てミニトマトが無事だと確認した後、虹を見つけたとしたら、もっと全体が見えるように公園まで行こうと思ったとしても不思議ではない。そもそも後で行く約束をぼくとしていたのだし。

うん、きっとそうだ。

ぼくは足早に急いだ。

歩いてほんの二分くらいのところに「みどりの公園」がある。うちから最寄りで、かなりの広さだから、この虹もよく見えるはずだ。それよりもなによりも、うちで公園に行くと言えば、第一選択肢は「みどりの公園」だった。

公園は、フットサルができる程度のスポーツ舗装の部分（しかし、球技禁止！）と、木立の中に遊具がある部分に分かれている。さっきまで豪雨だったせいもあって、人影はない。

ぼくは遊具と木々があるあたりに向かった。

ブランコも滑り台も周囲に水たまりができていた。砂場に至っては、猫よけシートの上が池になっている。でも、ひなたがいつも好むのは、回転ジャングルジムだ。うちでは「回る地球」と呼んでいて、でも、実際は最近、おそらく危険性の問題から回転軸を固定された「回らない地球」になっていた。

ひなたはこの遊具が好きでよくてっぺんまで登っている。今朝、公園に行きたいと言った時に、きっとここに登りたいんだろうとすぐに連想したくらいだ。

でも、姿はなかった。近くに寄って確かめるまでもなかった。

ぼくはまた腹の底からじわっーと不安がせり上がってくるのを感じた。

足早に公園の出入口に向かって歩き始める。いったん家に戻って、ひなたが戻っていなかったら警察に連絡すべきだろう。

本当に、一人でどこかに行ってしまう子ではないのだ。活発だとはいっても、ちゃんと怖がりだし、保護者の目の届くところにいてくれる。

再び進入禁止ゲートを越えようとした時、ぼくは足を止めた。

どこかから、呼ばれた気がしたからだ。

公園の中を振り返ったが、誰もいない。

でも、どこからか、「パパっ！」と声がした。

間違いなくひなたの声だった。

ぼくは心底胸をなでおろしつつ、声のした方に向かった。「回る地球」のあたりだ。

「パパ、ここっ」

「あ、なんてとこにいるんだよ」

ぼくは顔をほころばせた。

「回る地球」の隣にかなり立派な枝ぶりの木が生えている。樹種プレートには「トネリコ」と書いてあった。大きな日陰を作ってくれるので、ぼくも美彩も、ひなたが遊びに熱中する間、よくこの木の下で涼むことがあった。

そのトネリコの木の枝が、このご時世で少し管理が行き届かないせいか、「回る地球」に一部かかっている。この角度からだと、「回る地球」がトネリコの巨大な実のようにも見えた。

　ひなたは、「回る地球」のてっぺんにいた。トネリコの枝にちょうど隠れる位置で、遠くからは見えなかったのだ。

　ぼくも「回る地球」に登って、ひなたの隣に座った。

「どうしたの」とぼくは言った。

　ひなたはすーっと指差した。

　虹だった。ちょうどうまい具合にほぼ全貌が見渡せる。

「ひなた、一人で来ちゃ危ないよ」とぼくはまず言った。

「あぶなくないよ。それに、ママのことおねがいするから」

「え、どういうこと？」

「ママ、早く帰ってきてって。虹におねがいしたら、ねがいごとがかなうんだよ」

「ええっ、本当かなあ……それ、流れ星じゃないかなあ」と言いかけて、ひなたの表情が切実なことに気づいた。

「パパもおねがいして！」

「うん、わかった」

　ぼくたちは一緒に手を合わせ、「ママがはやく帰ってきますように！」と虹に語りかけた。

そのまましばらく、二人で肩を並べていた。よく来る公園なのに、全然景色が違い、爽快だ。

「なんか、ここすごく景色がいいね。遊具に登るなんて、ひさしぶりだよ」

「ヒナは、ママといっしょによくのぼるよ」

「あはは、そうなんだ」

たしかに美彩は子どもと一緒に元気いっぱい遊ぶタイプなので、遊具にも登ったりするだろう。遠くから見ているだけのぼくとはかなり違う。でも、たまには一緒に登ってみるものだ。本当に景色が違うし、子どもの頃に見ていたものを思い出せるかもしれない……。

などとじんわりと考えていたら、ひなたが空を見上げて、頭をぼくに預けるような形で、ぽつりと言った。

「ねえ、パパ、お星さまの木と、地きゅうの生きものの木は、同じ木なの？」

「それって――」

お昼ご飯の後、ひとしきり宇宙の話をする中で、ひなたがぼくにした質問だった。

それが今、ぼくにはものすごく突き刺さった。

ひなたが、ミニトマトの実を星にして描いたのを思い出す。あれは、つまり宇宙の樹形図そのものだったんだ。支柱に沿って伸び、分岐していく茎が宇宙の進化の系統樹、豊かに実ったミニトマトは惑星だ。

そして――

今ぼくたちが座っている「回る地球」も、宇宙樹トネリコの木の枝にたわわに実った生命の星そのものである。

ぼくたちは、そのてっぺんにちょこんと並び、吹き上げてくる湿った空気がシャツの裾や髪を揺らすのを感じながら、虹がかかった空のさらにその上を見上げている。

完璧な瞬間じゃないか。

「うん、そうだよ、つながっているよ」

ぼくがいきなり言うと、ひなたが小首をかしげた。

「ほら、ぼくたちは宇宙の進化の系統樹に実った星の上にいて、そこからもどんどん枝葉を伸ばしていくんだ。ひなた、きみは、パパやママよりも遠くの未来を旅するんだ」

ぼくがあまり力強く言うものだから、ひなたは少しびっくりしたみたいに口を半開きにしてから、笑った。

「だから、ひなたが言うように、宇宙の木と生きものの木は一緒だよ。というか、つながっているんだよね」

ぼくはすぐ近くまで張り出しているトネリコの枝を摑んで揺らしながら、畳み掛けた。

するとひなたの表情がぱっと輝き、うんうんというふうにうなずいた。たぶんひなたも、今、座っている「回る地球」が、宇宙樹の実だということに気づいていたのだろう。宇宙の樹があり、そこに惑星という果実が実る。そして、その果実からさらに生命の樹が芽吹いて枝分かれしていく。この果実（太陽系の惑星）からは地球生命、こっちの果実（別の太陽系の惑星）からはくじら星人といったふうに、いろんなところで生命の樹がつながっていく。ぼくたちは、宇宙開闢《かいびゃく》から連綿と続く、生命を生み、育み、つなぐ樹形図の中の一部なのだと、いきなり納得してしまった。

「うん、ひなた、パパもやっとわかったよ。ひなたに教えてもらったよ！」

興奮して言いかけたら、ぼくたちの足元の方から、うわーっという歓声が聞こえてきた。

母親と一緒に公園に遊びに来た幼稚園生くらいのきょうだいが、「あー、オトナなのにのぼってる！」と囃《はや》し立てた。ぼくとひなたは顔を見合わせ、そそくさと大地に降り立ったのだった。

☆

「だからね、やっぱり導入部は、体験的な要素を取り入れるべきだよ。ひなたとやったみたいに味見が難しければ、別の何かでもいい。そして、最後には、宇宙を貫く生命の

いる。

樹をイメージできたら成功だと思うんだ。星の化学進化の樹形図と、地球の生命進化の樹形図はつながっているんだって」

ぼくが熱く語るのを、ギュンターをはじめとするラボメンバーは苦笑しながら聞いている。

これは子ども向けのセミナーをするギュンターへの助言というわけではなく、ラボの全員で共有したい「大きな絵」だ。

みんな離れ離れで孤独に作業しているわけだけど、そういう時こそ、それぞれの小さな居場所が、時間としても空間としても宇宙の進化の中にあるのだと自覚したい。小さな家からすべての場所につながっているのだと自覚したい。

まあ、研究室の主宰者の戯言《たわごと》である。聞いてくれたメンバーたちに感謝する。それでも、アイデアを共有するために、あとでナタリーにイラストを描いてもらおうと思っている。宇宙の樹に実った様々な果実（惑星）から、それぞれの生命の樹が芽吹く。きっと、現実にそんなことが宇宙のあちこちで起きているはずだ。

ぼくにはイメージできる。チリのＡＬＭＡ、日本の野辺山、アメリカのグリーンバンク、スペインのＩＲＡＭといった電波望遠鏡を自らの目と耳にして、宇宙を見渡し、聞き耳を立てる。世界中に散ったぼくの研究室メンバーは、今や会議室アプリの中に研究室を持っているような状態だが、それは別に悪いことじゃない。世界で一番の解像度を誇るＡＬＭＡの観測時間はぼくがなんとかゲットし、ぼくはひなたを守りつつこの小さな家から宇宙を見上げたい。

ミーティングを終えた後、ぼくは居間のテーブルではなく、寝室にノートパソコンを持ち込んで、スマホを足元に置いて作業を始めた。今、ぼくの中には熱がある。頭の中から、指先を通じて、迸《ほとばし》るものがある。だから、むしろそれをしっかり抑えるくらいのつもりで、提案書を書き換えていく。抑制された筆致の中にこそ、力強いビジョンが宿る。星間分子雲での分子進化から、地球生命が芽吹いて進化していくまで、ひとつながりのストーリーを描きうるということ。提案書を採択する側にも熱が乗り移り、同じ夢を見てもらえれば成功だ。

それを支えてくれるのは、目の前で寝息を立てるひなたの健やかな寝顔だ。きょう一日、ちょっとしたトラブルはあったものの、大過なく乗り切れたからこそ、ぼくは心底平穏で、同時に熱い。小さな家で地に足をつけたまま、宇宙を見上げることができる。

その心持ちのまま、かかってくるはずの電話を待つ。

さっき、ひなたを寝かしつける時、リビングに置き忘れていたスマホのメッセンジャーには、美彩からの連絡が入っていた。

〈なんとか無事です。やっと落ち着いてきたので、夜勤のシフトが終わったら連絡します〉

どうやら、虹に願いをかけるのはなかなか効果があるらしい。

ぼくが提案書の作業を終えて、ラボメンバーの意見を聞くためにクラウドにアップしたとたん、スマホが振動した。

「今、ホテルの部屋。なんとか重症の患者さんが減り始めて、来週には一度帰れるかなあ」と言う美彩の声は、疲労の中にも弾んでいる部分がある。

「眠ってるけど、ちょっと起こすね」とぼくはひなたの耳にスマホを当てる。

「ひなた、起きなさい。ママだよ」

ひなたは薄目を開けて、「ママぁ」と甘い声を出した。

美彩が帰ってきたら、また公園に行こうと、ぼくは思う。

そして、木の枝はともかく、「回る地球」の上に三人で座って、空を見上げ、また「お星さまの木と地球の生きものの木」のことを話したいと願う。

だからみんなつながっているんだと、ぼくは力説するだろう。美彩は今目の前にある命をつなぎ、ぼくは宇宙と地球の命をつなぐ。そして、ひなたはそれらをひっくるめて未来へとつなげるんだ、と。それを美彩とひなたが笑って、このだだっ広い宇宙の中でも、ひときわ力強く、生命を輝かせるだろう。きっと、遠くの「うちゅう人」たちも、それぞれの巨大なパラボラで宇宙を観測しながら、ここにきらりと光るものがあると見つけることだろう。

謝辞
本作品で扱われている電波天文学の一分野については、理化学研究所の「坂井星・惑星形成研究室」を主宰する坂井南美さんに教えていただきました。ここに記して、お礼を申し上げます。

解説

北村浩子

宇宙という言葉は広い。

手元の国語辞典（岩波国語辞典第八版）には「万物を含むすべての広がり。天地。㋐物理学で、物質・放射が存在し得る全空間。天文学で、すべての天体を含む全空間。特に、地球の大気圏の外側を指すこともある。㋑哲学的には、秩序ある統一体としての世界。コスモス」とある。

――すべての広がり。全空間。あまりのパワーワードっぷりにちょっとくらっとしてしまう。秩序ある統一体というのは、ひとりの人間のことだという解釈もできる。そうか、曖昧に分かってはいたけれど、全部なんだ、と定義の強さにうたれる。

「全部」である「宇宙」をテーマに短編を、と依頼されたら、作家は何を思うんだろう？　何を書いてもいい、とわくわくするんだろうか。それとも、想像の余地の広さをむしろ枷《かせ》に感じたりするのか。

そんなことを考えながらページをめくった。収録されている七編ひとつひとつに違った「宇宙」が存在していることに感動した。書き手の脳内という宇宙を知ることができる。その楽しさがこの一冊に詰まっていた。

トップバッター、加納朋子さんの「南の十字に会いに行く」は、すこし頼りない感じの父親・北斗《ほくと》としっかり者の小六の娘・七星《ななせ》が石垣島へ旅をする物語。優しそうなおばあさん、怪しげな風貌の男性、明るく社交的な雰囲気の女性と現地で行き会い、ときどき時間をともにしながら島内を観光し、竹富島にも足を運ぶ。

気になるのは、父娘の会話、そして七星の思考に折々にあらわれる不在の母親だ。〈ママは俺たちを残して、遠くに行っちゃったんだから……あの人は、神様に選ばれたような人だからね〉という父の言葉からあることを想像するが、それが裏切られる瞬間が鮮やかでうれしくなってしまう。女性の、主体性を持った生き方を肯定する、柔らかく強いメッセージに静かに励まされる思いがする。

二番目に置かれている寺地はるなさんの「惑星マスコ」は、九州北部の架空の田舎町、白日町《しらびちょう》で姉と暮らす三十歳の森下万寿子《ますこ》が主人公。恋人と別れ、勤めていた通販会社を辞め、姉に呼び寄せられたこの町で、万寿子は孤独な少女・きららと出会う。きららの唐突な「あんた、宇宙人でしょ」の言葉に、万寿子は世界になじめなかった子供の頃、自分は「惑星マスコ」から来た異星人で、地球人のデータを集めるミッションがあるのだと信じていたことを思い出す。

二人を包み込むもうひとりのはぐれ者、六十代間近の純《じゅん》さんの存在が温かい。学校にも家にも居場所がなく、生きづらさの渦中にいるきらら、そこから少しだけ抜け出した万寿子、おそらくしんどかったであろう過去をさらりと振り返り、今を「いい時代」と言う純さん。お互いの「分かり合えなさ」を万寿子は好ましい、心地のいいものだと感じる。〈地球にいるわたしたちは、ほんとうはみんなひとりひとり異なる星から送りこまれた生きものなのかもしれない〉という万寿子の心のつぶやきに、そっと賛同する人も多いだろう。

「架空の科学史」ともいえる一編は、深緑野分さんの「空へ昇る」。地面に突然開いた穴から土の塊が飛び出して空へ昇り(!)輪列を作って惑星の周りをゆっくり回転する「土塊昇天現象《どかい》」を解明しようとした(している)人々の奮闘の記録、という体裁の作品だ。

〈土塊昇天現象を一番はじめに目撃した人物は、異常と感じただろうか?〉

冒頭の一文が終始物語に響いている。人が何かを不思議だと思うのは、不思議ではないと認定している事象があるから。では「不思議なこと」と「そうでないこと」を人はどう区別しているのかという根源的な問いを、へんてこでユニークな現象に託して作者は読者に投げかける。分からないことを知りたいという欲望を行動に移した人々の、実を結ばなかった情熱は無意味なのか、謎を追究することは無駄なのか。答えの出ない幾つものクエスチョンを受け継いできた「現代」に生きる星塊天文学者の「私」は、まるで親しい友達とかるく握手をするかのように「つちくれ」に触れる。ほのかなぬくもりの宿るこのシーンが、とても好きだ。

舞台は地上から空へ。西島伝法さんの「惑い星」は、太陽と思《おぼ》しき祖令陽《それいよう》の周りを巡るある星の一生を描いた、壮大かつキュートな「架空の宇宙史」だ。

新星児《しんせいじ》、嬰星《えいせい》、宇舞声《うぶごえ》、擦發光《すぱーく》。西島さんならではの言葉遊びが滅法楽しい。「主人公」である旺星《おうせい》の誕生、変化する體《からだ》への戸惑い、親離れ子離れ、仲間たちとのコミュニケーション、片思い、思いがけない相手との運命の結婚、子育て、老いという、人生ならぬ星生のサイクルの中にある普遍的な営みのいとおしさに思わず笑みがこぼれる。世界レベルのSFの書き手として注目を浴びている西島さんだが、濃厚濃密でエッジィな作風になかなか手を伸ばせなかったという読者もいるかもしれない。そんな方にもぜひ読んでほしい一作だ。

胸きゅんというなつかしい言葉と、青春時代のかけがえのない切なさを思い出させてくれるのは、雪舟えまさんの「アンテュルディエン?」。あんてゅるでぃえん？　と声に出して言ってみたくなる甘く丸い響きにまず心惹《ひ》かれる。

二〇五五年師走。未来浅草高校三年の兼古緑《かねこみどり》は、同級生の荻原楯《おぎはらたて》に深く揺るぎのない想《おも》いを寄せている。その想いは緑を熱く幸せにする一方、しばしば暴れては彼を悩ませる。完璧な容姿、おっとりと優しい雰囲気。誰からも愛されることを鼻にかけない楯を、緑は独り占めしたくてたまらない。

夜、緑はときどき楯の家を訪れる。伸び縮みする距離感が緑の胸をしめつける。〈できるだけ長く見つめあっていたい。いつかこの世を去るとき、おれにとって地球でのいちばん長い現実は彼でしたといえるくらいに〉

その願いは、ある人物によって予言のように二人に投げかけられる。不思議な語感のタイトルは、実は彼らの道筋をあらわしていたのだと分かる場面の幸福感たるや。思春期の二人の物語にどっぷり浸《つ》かりたい方はぜひ『緑と楯　ハイスクール・デイズ』（集英社文庫）を手に取ってみてください。このうえもない胸きゅんが待っています。

さて、本書で一番ぶっ飛んでいるのは、次に置かれた宮澤伊織さんの「キリング・ベクトル」だろう。宇宙船の中で目覚めた殺し屋の「俺」は、殺し屋だという自覚はあるものの、それ以外の記憶がまったくないことに気付く。なんと「俺」は、シフカという地球人の少女に「万物プリンタ」で出力された人造人間で、ある人物を殺すというミッションを生まれながらに（？）課せられていたのだった——。

インストールされた言語ソフトが無料のものだった（つまりシフカがケチった）ため、企業の宣伝文句が意図せず口をついて出る「俺」の仕様に吹き出してしまう。宇宙船に乗り込んでくる異星人の奇怪なビジュアルを想像し、兄妹《きょうだい》喧嘩《げんか》のような「俺」とシフカのやりとりを楽しみながら読んでいると、シニカルでブラックな着地にすうっと背筋が冷える。この温度差がたまらない。ダークコメディとでも言ったらいいだろうか。

ラストの一編、川端裕人さんの「小さな家と生きものの木」は、新型コロナウイルスが存在する、わたしたちの現実と重なる世界の物語だ。「生まれて間もない原始星」を観測対象とし、生命の起源が宇宙においてどのように化学進化するのかという研究を、コロナ禍で制約を受けながらも世界中の仲間と日々続けている天文学者の父。彼と、自宅学習中の小学生の娘の、ある一日半の出来事が書かれている。

娘は父に問いかける。「パパはうちゅう人、やっぱりいると思う?」

父は答える。「もちろんいると思うよ。宇宙は広いから、地球みたいな星は必ずほかにもあるはずだから」

――この部分を読んだとき、何十年も前の記憶がふいによみがえってきた。

こちらへ向かって突然流れ星が飛んでくるような、そんな感じで。

〈一九七二年三月二日、見たこともない宇宙人にあてて、一通の手紙が出されました〉

ジャーナリストの木村繁さんがお書きになった「さびしい地球人」という科学エッセイ。小学六年のときの国語の教科書に載っていた。アルミニウムの板に、地球を表現するシンプルな絵と図を刻んだ「手紙」を乗せて打ち上げられた、世界初の木星探査機パイオニア10号の旅を綴《つづ》ったものだ。

〈木星には宇宙人などは住んでいないと考えられています。ですから、この手紙は、木星の宇宙人にあてたものではありません〉

パイオニア10号は木星を調べたあと、太陽系の外へ飛び出す。しかし〈もっともっと遠い星へと飛び続けなければなりません。そうしなければ、宇宙人とは出会えないのです〉。たとえ銀河系星雲内で手紙を拾ってもらえ、返事をもらえたとしても、それが地球に届くのは〈今から千万年以上たってから〉で〈そのころまで、人間の子孫が、この地球上に生き続けているかどうか、疑わしいものです〉と文章は続く。

〈返事をもらえるあてもないのに、なぜ、科学者たちは、こんな遠くの宇宙人たちに手紙を出すのでしょうか〉

それは〈地球の近くの惑星には、知能のある生物は全くいないということが、はっきりしてきて、さびしくなったからだといえるでしょう〉と木村さんは書く。そして、わたしたち地球人は〈この広い宇宙の中で、たとえとなりに人がいたとしても、その人のところまで手紙が届くのに数百万年もかかるという、そんなとほうもなくさびしい生物だったのです〉という一文でエッセイは締めくくられる。

とほうもなくさびしい生き物。

その言い切りの強さの印象が、心のどこかに残っていたのだろう。この文章が載っている本（『新　心にのこる6年生の読みもの』学校図書）を取り寄せて再読したら、記憶は正しかった。「科学の進歩によって、いつか出会える日が来るかもしれません」というような希望は、やはり添えられていなかった。

地球人は今も、隣人に会えていないという意味では、たしかに、さびしい。けれど地球人たちはいつの時代も、想像という動力をめいっぱい使って、ありとあらゆる宇宙のストーリーを作り上げてきた。それはもしかしたら「さびしい」気持ちの結晶なのかもしれない。

でも、そうだとしたら「さびしさ」は、なんと貴重なモチベーションなのだろう。

さびしさから出発した宇宙の物語たちは、枝葉を伸ばしてバリエーションを広げる。そこからさらに新しい物語が、芽吹くように生まれ続けている。

その証拠が、この一冊だ。

（きたむら・ひろこ　書評家）

本書は、集英社文庫のために編まれたオリジナル文庫です。

〈初出〉

南の十字に会いに行く　加納朋子
「小説すばる」二〇一七年六月号

惑星マスコ　寺地はるな
書き下ろし

空へ昇る　深緑野分
書き下ろし

惑い星　西島伝法
書き下ろし

アンテュルディエン？　雪舟えま
書き下ろし

キリング・ベクトル　宮澤伊織
「小説すばる」二〇一七年六月号

小さな家と生きものの木　川端裕人
書き下ろし

本文デザイン／高橋健二（テラエンジン）

集英社文庫　目録（日本文学）

吉村達也　陰陽師暗殺
吉村達也　十三匹の蟹
吉村達也　それは経費で落とそう
吉村達也　[会社を休みましょう]殺人事件
吉村達也　OL捜査網
吉村達也　悪魔の手紙 ヨコハマOL探偵団
吉村龍一　旅のおわりは
吉村龍一　真夏のバディ
よしもとばなな　鳥たち
吉行あぐり・吉行和子　あぐり白寿の旅
吉行淳之介　子供の領分
與那覇潤　日本人はなぜ存在するか
米澤穂信　追想五断章
米原万里　オリガ・モリソヴナの反語法
米山公啓　医者の上にも3年
米山公啓　命の値段が決まる時

リービ英雄　模範郷
隆慶一郎　一夢庵風流記
隆慶一郎　かぶいて候
連城三紀彦　美女
連城三紀彦　隠れ菊(上)(下)
わかぎゑふ　秘密の花園
わかぎゑふ　ばかちらし
わかぎゑふ　大阪の神々
わかぎゑふ　花咲くばか娘
わかぎゑふ　大阪弁の秘密
わかぎゑふ　大阪人の掟
わかぎゑふ　大阪人、地球に迷う
わかぎゑふ　正しい大阪人の作り方
若桑みどり　クアトロ・ラガッツィ(上)(下) 天正少年使節と世界帝国
若竹七海　サンタクロースのせいにしよう
若竹七海　スクランブル

和久峻三　あんみつ検事の捜査ファイル 夢の浮橋殺人事件
和久峻三　あんみつ検事の捜査ファイル 女検事の涙は乾く
和田秀樹　痛快！心理学 入門編 ―なぜ僕らの心は壊れてしまうのか
和田秀樹　痛快！心理学 実践編 ―どうしたら私たちはハッピーになれるのか
渡辺淳一　白き狩人
渡辺淳一　麗《うるわ》しき白骨
渡辺淳一　遠き落日(上)(下)
渡辺淳一　わたしの女神たち
渡辺淳一　新釈・からだ事典
渡辺淳一　シネマティク恋愛論
渡辺淳一　夜に忍びこむもの
渡辺淳一　これを食べなきゃ
渡辺淳一　新釈・びょうき事典
渡辺淳一　源氏に愛された女たち
渡辺淳一　マイ センチメンタルジャーニイ
渡辺淳一　ラヴレターの研究

集英社文庫　目録（日本文学）

S 集英社文庫

短編宇宙《たんぺんうちゅう》

2021年1月25日　第1刷　　定価はカバーに表示してあります。

編　者　集英社文庫編集部《しゅうえいしゃぶんこへんしゅうぶ》
著　者　加納朋子《かのうともこ》　川端裕人《かわばたひろと》　寺地《てらち》はるな　西島伝法《とりしまでんぽう》
深緑野分《ふかみどりのわき》　宮澤伊織《みやざわいおり》　雪舟《ゆきふね》えま

発行者　徳永　真
発行所　株式会社　集英社
東京都千代田区一ツ橋2-5-10　〒101-8050
電話【編集部】03-3230-6095
【読者係】03-3230-6080
【販売部】03-3230-6393（書店専用）

印　刷　凸版印刷株式会社
製　本　凸版印刷株式会社

フォーマットデザイン　アリヤマデザインストア　　マークデザイン　居山浩二

ISBN978-4-08-744207-6 C0193